KB130355

내가 힘들었다는 너에게

내가
힘들었다는
너에게

신소영 지음

웅진 지식하우스

언젠가 내가 좋아하고 아끼던 이에게 사실 그동안 나 때문에 적잖이 힘들었다는 말을 들은 적이 있다. 그때, 내 존재 밑바닥에서 뭔가 쩍 하고 갈라지는 소리가 들렸다. 가슴이 찢어진다는 말을 몸으로 실감하는 순간이었다. 왜 여태까지 아무 말도 하지 않았을까 하는 서운함과 도대체 내가 뭘 그렇게까지 힘들게 했나 하는 억울함이 마음속에서 소용돌이쳤다. 요란스러운 시간이 꽤 오래갔지만 그 일을 계기로 나는 내가 얼마나 착각 속에 살았는지를 깨달았다.

　나 때문에 힘들었다는 어떤 이의 고백처럼, 나는 내가 모르는 사이에 상대에게 상처를 주기도 했고, 또 때로는 반대 입장이 되어 상대는 모르는데 나 혼자 상처를 받기도 했다. 내 이기심 때문에 상대를 아프게도 했고, 일방적 관계를 끊지 못해 오랫동안 속수무책으로 기를 빨리기도 했다. 아마도 모두 적당한 거리와 선을 지키는 데 서

투른 탓이었으리라.

《오마이뉴스》이주영 기자의 기획으로 '30대에 알았다면 좋았을 것
들'이란 연재를 시작하며, 나의 서툴렀던 지난날을 돌아볼 기회를 얻
었다. 흩어져 있던 후회의 시간들이 소환되었다. 어떻게든 좋은 관계를
유지하려고 불만을 참고 참다 한순간에 폭발해버린 일, 질투 나는 감
정 때문에 친한 친구에게 못나게 굴었던 일, 힘에 버거운 일을 해내려
애쓰며 끙끙대던 시간들. 그 기억들을 하나씩 꺼내어 정돈해두고 보니
한편으로는 후련하면서도 이제 무엇을 버리고 채워야 할지가 선명하
게 보이기 시작했다. 이 책은 그러한 시간들의 이야기다.

"이렇게까지 솔직해도 괜찮은 건가?" 작년에 『혼자 살면 어때요?
좋으면 그만이지』를 내면서 가장 많이 들었던 말이다. "엄청 솔직하

게 썼던데?" 이번 책의 추천사를 흔쾌히 써준 정혜윤 PD도 같은 말을 했다. 내가 나의 초라함과 치사함을 감추지 않고 솔직할 수 있었던 이유는 분명하다. 내 모습을 솔직하게 대면하는 과정이 나를 위로하고 치유해줬을 뿐만 아니라 더 나은 인간이 되도록 이끌어주었기 때문이다.

이 책을 마주한 당신이라면, 분명 크고 작은 후회들이 있을 것이다. 내가 누군가의 솔직한 글을 읽고 '나만 그런 게 아니구나' 하고 안도감을 느꼈듯 결핍과 오버 사이에서 좌충우돌한 나의 시간이 당신에게 소박한 격려라도 될 수 있으면 좋겠다.

2020년 여름
신소영

01

돌아보는 마음

부러워도 지지 않는 관계

친구 A는 두 번째 결혼을 앞두고 있다. 부부 사이의 일은 제삼자가 알 수 없다고는 하지만 A의 전남편은 기본적으로 무책임했다. 결혼 생활이 순탄치 않다는 건 대충 눈치를 채고 있었는데, 5년 전 A는 그 결혼 생활에 어렵게 종지부를 찍었다.

이혼 후에도 고단한 삶은 계속됐다. 경력 단절로 취업에 어려움을 겪다가 겨우 들어간 곳은 한 기관의 콜센터였다. 4대 보험이 되고 대출이 가능하다면서 그것만으로도 한숨 돌린다고 말은 했지만, 150만 원 정도의 월급으로는 아들과 함께 생활하기가 빠듯해서 퇴근 후에는 과외 아르바이트까지 뛰었다. 고단한 삶은 끝나지 않을 것만 같았는데, 그랬던 A가 다시 사랑을 시작한 것이다.

두 사람을 연결해준 친구의 말을 들으니 상대방이 성실하고 경제적으로도 안정적인 사람이라고 해서 일단 안도했다. 그 이후로 A의 연애 상황을 간간이 듣기만 하다가 오랜만에 만난 자리에서 달라진 A의 모습을 보고 깜짝 놀랐다. 사랑을 주고받는 이의 얼굴은 얼마나 빛나던지. 20대 이후로 처음 보는, A의 행복하고 자신감 있는 얼굴이었다.

누구를 만나느냐에 따라 삶은 미묘하게 달라진다. 그와의 결혼 생활에서도 분명 짊어져야 할 몫이 있을 테지만, 자신의 삶에 책임을 다하며 살아낸 A의 얼굴이 오랜만에 활짝 핀 걸 보니 무조건 좋았다.

그날 우리는 A의 새 출발을 왁자지껄하게 축하했다. 그러다 주제가 자연스럽게 결혼을 안 한 나에게로 향했다. 오래된 친구들이라 나에게 결혼에 대해서는 가타부타 이야기를 안 한 지 꽤 됐지만, 이날은 상대적으로 내가 큰 걱정거리로 느껴진 모양이다.

애정 어린 현실 조언을 듣고 집에 오는 길. 난데없이 쓸쓸해졌다. 친구가 좋은 인연을 만난 것에 대한 안도감이나 흐뭇

함과는 별개의 감정이었다. 분명 나름 잘 지내고 있었고, 이 정도면 괜찮은 거라고 만족하는 일상이었는데 갑자기 부족한 삶으로 둔갑했다.

한 친구에게 농담 반 진담 반으로 "A가 부럽네" 하고 문자 메시지를 보냈더니 금세 "부러우면 지는 거야"라는 답이 돌아왔다. 가벼운 농담이라는 걸 알면서도 순간, 내가 친구들 중에 제일 끝에 서게 된 것 같고, 왠지 무언가에 진 것 같았다. 당황스러운 감정이었다.

> 진정으로 행복한 사람은 타인의 행복을 인정할 줄 아는 법이다. …… 당신과 나는 같지도 않고, 같을 필요도 없다. 행복의 이유도 다를 것이고, 그것을 의심할 필요도 없다. 행복한 사람은 누구보다 행복의 이유를 잘 알기 때문이다.
>
> – 정지우, 『행복이 거기 있다, 한 점 의심도 없이』 중에서

젊을 때는 남들이 가진 건 나도 가져야 안심이 됐다. 그래야 뒤처지지 않는 것 같았다. 남과 다른 걸 받아들이는 건 내가 우월할 때여야지, 빠지거나 뒤처지는 것으로 다르긴 싫었다. 나이가 들면, 나와 다른 사람의 비교로부터 조금 더 자유

로워지고 내 몫의 삶과 행복에 자족할 줄 알았다. 그러나 그런 성숙함은 나이가 들었다고 해서 옵션처럼 따라오는 게 아니었다.

내 일상을 흔드는 크고 작은 바람은 언제나 불기 마련이고, 그 바람의 강도는 늘 내 선택에 따라 허리케인이 되기도 하고, 미풍에 그치기도 한다. A의 결혼과 함께 불어온 바람의 정체가 궁금했다. 어쩌면 나는 결혼 생활로 힘들어하는 친구를 보며 위안을 삼았던 건 아니었을까. 나도 모르는 사이에 마음속으로 우열을 가리고 있었던 모양이다.

쓸데없는 신경전을 치르지 않으려면 나름의 기준이 필요하다. 타인의 불행에서 위안을 삼지 않기. 이는 정지우 작가의 책에 언급된 것처럼 "타인의 행복에서 좋은 영향을 얻어나 스스로도 행복하고자 애쓰는 일"이기도 하다.

'왜 부러우면 지는 걸까?' 그런 의문이 들기 시작하면서 '왜 행복이 지고 이기는 승부가 됐는지'에 대한 질문까지 나아갔다. '부러워하다'의 사전적 의미는 '자기도 그렇게 되고 싶거나 가지고 싶어 하다'이다. 그 마음 자체는 나쁜 게 아니라 어쩌면 당연하다. 문제는 부러움이라는 감정으로 알게 되는 자신의 결핍을 실패나 패배로 받아들이는 것 아닐까. 마음속에

불던 바람이 잠잠해지기 시작했다.

내 것이 아닌 행복에 잠시 한눈을 판 사이에도 내 몫의 행복이 여전히 그 자리에 있었다. 내 발에 기대 잠든 강아지의 온기를 느끼며 책을 읽을 때, 폭풍이 몰아치던 날 혼자 있는 날 위해 비바람을 뚫고 오다 비싼 안경까지 날려버린 친구를 맞이하던 순간, 명절 연휴 첫날 친한 동네 언니와 편한 복장으로 만나 커피 한잔 할 때, 방송작가로서의 내 안위를 걱정하던 직장 후배에게서 "얼마 전 꿈에 언니가 아주 예쁘고 좋은 옷을 입고 나왔어요. 힘들 때마다 제 꿈을 꼭 기억하세요"라는 메시지를 받았을 때, 글 쓰는 재미에 푹 빠져서 보내는 깊은 밤, 내가 쓴 글을 읽고 위로받았다는 감사의 인사를 읽을 때, 생계형 단순 노동 아르바이트를 7시간 정도 하고 퇴근할 때.

일상에서 반짝거리는 내 몫의 행복들이다. 그 행복들은 항상 그 자리에 있다. 한 점 의심도 없이. 맞다. 나는 이렇게 나만의 행복을 얻는 방법, 행복을 느끼는 기술을 부지런히 배워나가면 되는 거다.

내 삶이 결핍이 많아 보임에도 불구하고 행복해 보여서 무언가 배울 게 있는 사람이 됐으면 좋겠다. 나의 바람은 바로 그거다. 서로를 부러워할 수 있는, 그래서 더 멋지고 나은 삶으로 나아갈 수 있는 이야기를 많이 나누는 것.

내가 힘들었다는 너에게

30대 중후반에 잡지사에서 팀장으로 일할 때였다. 사장님이 어느 날부터인가 편집팀 막내에게 아침마다 커피 심부름을 시키기 시작했다. 막내 직원이 말을 안 해서 모르고 있다가 나중에서야 알게 됐는데, 그 소리를 듣자마자 목덜미가 뻐근해졌다. 커피 심부름은 당시만 해도 꽤 예민한 사안이었고, 상대가 사장이었기 때문에 어떻게 해야 할지 무척 고민했다.

결국 내가 커피를 들고 사장님에게 올라갔다. 나를 본 사장님은 깜짝 놀라더니 이내 알았다는 듯이 "신 팀장이 들고 왔네" 하며 웃으셨다.

"네, 우리 ○○씨가 아침에 일이 좀 많아서 제가 올라왔어요. 괜찮으시죠?"

나도 웃으며 사장님에게 커피를 드렸다. 다행히 사장님은 다음날부터 커피 심부름을 끊었다.

월간지다 보니 야근이 많았지만, 팀원들에게 야근을 종용하진 않았다. 내가 일을 더 많이 하는 게 마음이 편했다. 다그치기보다는 들어주고 설득하는 편이었고, 팀원들의 편의와 요구사항은 어지간하면 들어주려고 했다.

사장님이 팀원을 부당하게 평가할 때는 잘하고 좋은 점을 어필하기도 했다. 아부이지만 아부인 티를 내지 않는 선에서 사장님의 기분을 맞추며 꼭 필요한 사항에 대해서는 내 의견을 강하게 주장하기도 했다. 팀원의 결과물을 가로채는 일은 절대 하지 않았고, 팀장으로 뒤에서 애쓴 것들도 일절 생색내지 않았다. 그렇게 나는 이만하면 좋은 직장 선배이고 상사라고 자부했다.

물론 모든 일을 나이스하고 쿨하게 잘 해낸 건 아니다. 솔직히 팀장 자리는 당시 나에게는 버거운 자리였다. 그릇이 안 되는 상태에서 팀장이 되는 바람에 과도한 열심을 부렸다. 그만큼 스트레스와 피로도가 엄청났다.

그때 버틸 수 있었던 이유는 두 가지였다. 일단 일을 좋아했고, 믿고 의지할 후배가 있었다. 네 살 아래인 그 후배는 전 직장에서부터 알고 지냈는데 이곳에 오고 난 뒤부터 본격적으로 친해졌다. 워낙 성격도 좋고 일도 잘해서 호흡이 잘 맞았다. 내가 사장님이나 다른 팀원들로 스트레스를 받을 땐 그녀에게 하소연할 정도로 의지가 되기도 했다.

그러다 내가 몸이 너무 안 좋아서 사표를 쓸 수밖에 없게 됐을 때, 생각지도 못한 일이 벌어졌다. 나는 그만두면서 그녀가 내내 마음에 쓰였는데, 어찌 된 일인지 그녀는 덤덤했다. 기분 탓이겠지. 이상한 낌새를 내 기분 탓으로 돌렸다. 설마.

그런데 설마가 진짜 사람을 잡았다. 퇴사하자마자 그녀가 나를 피하는 태도가 역력했던 것이다. 연락도 잘 안 되고, 겨우 오는 문자도 사무적이었다. 내가 어학연수를 떠나기 전에 차 한잔 마시자고 했지만, 차일피일 미루더니 결국 나중에는 시간이 안 돼서 못 볼 것 같다고 했다.

'내가 뭘 잘못했나?'

아무리 시간을 돌려봐도 기억나는 사건이 없었다. 서운함이 가슴에 얹혀서 내려가질 않았다. 안 되겠다 싶어서 메일로 이유를 물었다.

"사실 저 언니 때문에 힘들었어요."

답신에 적힌 그 말을 보는 순간, 숨이 턱 막혔다. 후배에게 이런 폭탄선언을 들을 줄은 상상도 못 했다. 나는 그녀가 나를 인간적으로도 좋아한다고 철석같이 믿고 있었다. 도대체 뭐가 문제였을까.

내 딴에는 배려한다고 했는데, 후배 입장에서는 열정이 넘쳐 야근도 마다하지 않는 팀장이 힘에 부쳤던 모양이다. 편하다는 이유로 가끔 내 업무 하중을 넘긴 것 또한 그녀 입장에서는 부담이었다.

그러나 뭐니 뭐니 해도 가장 힘든 건 '심기 관리'였다. 나는 사장님에게 한 소리 듣거나 회의에서 깨지고 오면 '나 지금 화났어'라는 분위기를 뿜어냈다. 다른 직원들이 속으로 '왜 저래?' 하고 넘길 때 그녀는 나와 친하다는 이유로 그럴 수 없었다. 결국 내 심기 관리의 부담까지 지면서 감정 노동을 했던 것이다.

내가 말로는 표현하지 않았다 해도, 은연중에 '그래도 네가 팀장인 나를 이해하고 도와야지'라는 메시지를 그녀에게 보냈을 것이다. 정확한 선을 긋지 않은 관계는 그녀를 혼란스럽고 불편하게 하는 참사를 일으켰다. 내가 사장님과 팀원 사이

에서 남모르는 수고와 스트레스로 힘들어할 때, 그녀도 분명 나와 팀원들 사이에서 똑같은 어려움을 겪었을 텐데. 그것까지는 헤아리지 못했다.

"언니가 그만둔다고 하니까 솔직히 해방감이 느껴졌어요."

그녀의 말은 날카로운 칼이 되어 내 마음을 서늘하게 베었다. 곪아 있던 감정이 터지면서 후배도 자기감정의 실체를 처음으로 직면한 눈치였다. 시간이 필요하다고 했다. 나를 인간적으로 좋아하는 마음 반, 부담스러운 마음 반이다 보니 그녀 역시 혼란스러웠을 테다.

그 메일을 읽고 마음이 아팠다. 연애하다 헤어졌을 때보다 더 욱신거렸다. 미움과 배신감, 미안함과 후회가 뒤섞여서 회오리바람을 일으켰다. 그녀를 좋아하고 배려한 내 마음과 노력이 한순간에 부정당하는 것 같아 한동안 충격에서 헤어 나오질 못했다. 그곳에서의 시간이 모두 실패로 낙인찍히는 것 같았다.

돌아보면 그때는 후배도, 나도 서툴렀다. 내 입장에서는 워킹맘인 그녀의 편의를 봐주기 위해 내가 얼마나 그녀의 일을 떠맡고, 또 그녀의 승진을 위해 얼마나 사장님께 어필했는지 알 턱이 없었다. 후배 입장에서도 내가 알아채지 못하거나 차마 말하지 못한, 억울한 사연이 있었을 것이다.

그 일이 있고 나서 일 년 뒤, 나는 어학연수에서 돌아왔고, 우리는 다시 만났다. 그때 누가 먼저 연락을 했는지, 만나서 무슨 이야기를 했는지, 어떻게 풀었는지는 잘 기억나지 않는다. 확실한 건, 다른 직원들과는 연락이 끊겼는데, 그녀와는 서로 안부를 나누며 산다는 사실이다. 뿐만 아니라 이직해서 다른 잡지사에 다니는 그녀가 프리랜서인 내게 일을 주기도 한다. 그녀가 갑, 내가 을로서 공생하고 있다. 삶은 참 재미있다.

지금 와서 생각해보면 당시 내 딴에는 많이 배려하는 좋은 상사라고 자부했는데, 바로 그 '내 딴에는'이라는 말이 얼마나 일방적 배려의 생색인지, 그 시절의 나는 몰랐다.

내가 옳은 방향으로 살고 있다고 자부한다고 해도 한 가지만은 기억하자. 나도 누군가에게 개새끼일 수 있다.

작년에 방영된 드라마 〈검색어를 입력하세요 www〉에서 인터넷 포털 사이트 회사에 다니는 30대 여성 임수정(배타미)과 회사 대표 권해효(민홍주)의 대화 중에 나온 권해효의 대사가 인상적이었다.

직장인들은 대부분 30대에 중간 관리자가 된다. 그때의 후배처럼 팀장과 말단 직원 사이에 끼거나, 내 경우처럼 대표와 팀원들 사이에 긴다. 위아래로 치이다 못해 사방으로 눈치까지 봐야 하는 위치다. 내 한계점 이상으로 한다고 하는데도 알아주는 사람은 별로 없어서 외롭기까지 하다.

내가 후배일 때는 선배의 못마땅한 모습을 보며 '나 같으면 저렇게 안 할 텐데' 하면서 반면교사로 삼았다. 그래서 선배가 되면 잘할 수 있을 줄 알았다. 그러나 나도 다르지 않았다. 선배가 된 나는 내 마음 같지 않은 후배들을 보며 '저렇게 하는 건 좀 아니지' 했는데, 어느 순간 나는 선배에게 그보다 더한 짓도 하고 있었다.

그때 깨달았다. 완벽한 선배나 후배는 존재하지 않는다는 걸. 그 후배와의 일을 겪고 나서는 내가 상대를 위해 애쓴 부분은 적당한 수준에서 표현한다. 서로를 더 이해하고 덜 오해하기 위해서다. 또 친하다고 하더라도 업무적으로는 선을 분명히 그었다. 내 감정이 상하는 일로 아무 상관없는 사람들을 눈치 보게 하지는 않는지 살피게 됐다. 덜 '개새끼'가 되기 위해서 조심하게 된 셈이다.

쓰지만 좋은 약이었다. 그런 일을 겪지 않았다면 아마 지금도 '나는 100점'이라고 김칫국을 사발로 마시며 살았을 테니까.

선배는 날 어떻게 생각할까?

"길에서 우연히 마주치면 왠지 무안스러운 사람이 있나요?"

이 질문에 순간 스치는 얼굴이 있을 것이다. 없다면 정말 잘 살아온 것일 테고.

나에게도 그런 사람이 있다. 그러면서도 궁금하고, 왠지 미안해지는 사람. 풀어야 할 것, 아니 내 쪽에서 풀고 싶은 게 있는데, 굳이 지난날을 파헤치기에는 시간이 많이 지나버려서 그냥 과거 일로 덮고 싶은 인연 말이다.

존경하던 회사 선배가 있었다. 편집자로서 경력이 많지 않은 상황에서 팀장이 된 나는 총괄 부장이었던 선배를 많이 의

지했다. 처음에는 말도 없고 일만 묵묵히 해서 어려웠는데, 옆에서 오래 지켜본 결과, 따뜻하고 인격적인 상사였다. 무엇보다 탁월한 실력자였다.

나는 한 달에 한 번 있는 마감 때마다 선배에게 최종 점검을 부탁했고, 가끔 점심을 같이 먹자고 하며 적극적으로 다가갔다. 당시 어딘가 기댈 곳이 필요하기도 했고, 좋은 사람에게 배우고 싶은 마음이 간절했기 때문이다. 선배는 늘 사람 좋은 웃음을 하고 성실하고 따뜻하게 대해주었다. 든든하고 안심이 됐다.

그런데 사장님이 회사 개국 공신인 선배를 우회적으로 내치는 바람에 선배와의 인연은 길지 못했다. 내가 납득하기 어려운 이유로 물러나는 선배의 모습을 보며 회사 생활에 회의가 들기 시작했다. 내 체력의 한계와 정신적으로 더 버티기어렵다는 이유도 있었지만, 그 일로 결국 나도 얼마 있지 않아 사표를 냈다.

선배를 다시 만난 건, 내가 퇴사한 뒤 일 년 동안 캐나다에서 어학연수를 하고 돌아온 뒤였다. 중간에 간간이 연락을 주고받다가 귀국하자마자 선배를 찾아갔다. 다시 한국에 돌아

와서 가장 만나고 싶었던 사람이 선배였다.

당시 선배는 작은 회사를 운영하고 있었는데, 일손이 필요한 눈치였다. 사정이 넉넉하지 않으니 와서 일하라는 말을 못 하다가 어느 날, 조심스럽게 제안했다.

"소영 씨가 괜찮으면 같이 일하고 싶은데, 지금 막 출발한 잡지사여서 사정이 좋지 않아요. 월급을 제대로 줄 수가 없어서 오라고 하기가 어려워요."

그 말을 듣고 나는 기다렸다는 듯이 덥석 잡았다. 내가 누군가의 도움이 절실할 때 손잡아 주셨으니 나도 선배가 어려울 때 갚고 싶었다.

"돈은 상관없어요."

선배와 같이 일한다는 것만으로도 나는 뛸 듯이 기뻤다. 선배의 실력을 알기에 사정은 곧 나아질 것이 분명했다.

그러나 '돈은 괜찮다'던 나의 호의와 '곧 나아질 거다'라는 근거 없는 낙관은 현실에 부딪히면서 균열이 일어났다. 몇 달이 지나도 형편은 좋아지지 않았고, 선배가 말한 교통비 명목의 돈도 미뤄지기 시작했다.

내 재정 상태가 안 좋아지자 투덜거리는 마음과 실망이 먼지처럼 쌓여갔다. 엎친 데 덮친 격으로 목돈이 들어갈 일이 생기기까지 했다. 내 형편이 궁지에 몰리니 선배와 같이 일한 다는 사실만으로도 기뻤던 마음은 금세 바닥을 드러냈다. 괜찮았던 것들이 괜찮지 않아진 것이다. 얄팍하기 짝이 없는 호의였다.

아마 선배도 그때의 내 마음을 눈치챘을 것이다. 그렇다고 중간에 탈출하는 배신녀가 되고 싶진 않았다. 이러지도 저러지도 못한 채 끙끙 앓던 차에 마침 책을 편집하는 일이 외주로 들어왔다. 한 권당 작업비가 200만 원이었다. 당시의 내 형편으로는 절실한 돈이었다. 회사 일을 하면서 짬짬이 하면 되겠다 싶어서 수락했는데, 그게 파국의 원인이 될 줄은 그땐 꿈에도 몰랐다.

외주 일과 회사 일의 마감이 겹치면서 내 마음의 중요도는 외주 일로 점점 기울기 시작했다. 게다가 내가 쓴 원고를 사정없이 수정한 선배에게 마음이 상하기도 했다.

'나는 회사에 별로 도움이 안 되는 존재구나. 여기 있을 이유가 있나?'

빠져나갈 핑곗거리가 필요했던 나는 (평소라면 아무 일도 아니었을) 사소한 일을 뻥튀기처럼 부풀려서 그만두어도 되는 이유로 만들어버렸다.

며칠을 잠 못 자며 망설이다가 어렵게 말을 꺼냈다. 선배 입장에서 말릴 상황은 아니었을 테니 알았다고 했다. 워낙 부처님 가운데 토막 같은 사람이어서 나에게 전과 다르게 행동하진 않았지만 분명 선배도 실망하고 상처받았으리라. 마지막으로 출근하던 날, 마감이 끝나면 같이 밥 한번 먹자며 인사했지만, 그게 끝이었다. 난 그 이후로 다시는 선배를 보지 못했다.

만나는 것도 중요하지만, 헤어지는 것도 중요하다는 말을 귀에 못이 박이도록 들으면서 자랐다. 그래서 어떤 관계든 가급적 좋게 헤어지려 노력했다. 정말 보기 싫었던 사람과도 잘 헤어지기 위해 노력했으면서 정작 내가 끝까지 지키고 싶었던 인연을 이렇게 잃어버리다니. 일로서나 인생 선배로서나 존경스러운 사람을 눈앞의 현실에 굴복해 싹둑 잘라버리는 실수를 해버린 것이다. 그것도 그 사람이 어려울 때 말이다.

돌아보면 애초에 선배를 인간적으로 좋아하는 마음보다 나를 도와줄 누군가가 필요했던 마음이 더 크기도 했다. 선배가 차린 회사에 들어갈 때 선배를 돕고 싶다는 선의도 있었지만, 따지고 보면 내 일자리가 필요했던 참에 기왕이면 다홍치마라고 아는 사람에게 비비대고 싶은 계산도 있었다. 당시에 마흔을 앞두고 현실의 압박을 견디기엔 나도 절박한 상황이었다. 그렇다 하더라도 돈 앞에서 의리 없이 외면해버린 건 아무리 생각해도 딱 내 수준을 드러낸 창피한 도망이었다.

그 이후로 필름을 몇 번이나 돌려봤다. 솔직하지 못했다. 선배의 성정상 내 사정을 제대로 이야기했다면 분명 이해했을 텐데. 돈 때문이면서 구차해질까 봐 결국 내 도망의 원인을 선배에게 돌렸다. 내가 그만두는 건 선배 탓이 조금 더 크다는 비겁한 변명이자 매정한 항변이었던 셈이다.

선배를 생각할 때마다 그때의 내 행동을 변명하고 사과하고 싶었지만, 이미 엎질러진 물. 주워 담을 방법이 없었다. 사람은 돈 앞에서 얼마든지 치사하고 이기적인 존재가 될 수 있다는 걸 그땐 몰랐다. 그래서 지키고 싶은 관계일수록 가급적 돈이 개입돼서는 안 된다는 걸 뼈아프게 체득했다.

사실 선배와의 일은 그동안 가까운 지인에게도 꺼내지 못했다. 내가 이렇게 치사한 배신을 하고 도망친 인간이란 걸 드러내기 부끄럽기도 했고, 굴욕스러운 과거를 지우고 싶기도 했던 까닭이다.

그러다 지금 꺼내는 이유가 있다. 얼마 전 그 선배의 소식을 뜻하지 않은 자리에서 우연히 들었기 때문이다. 그것도 내가 마음만 먹으면 연락이 닿을 수 있는 사람을 통해서. 그에게서 선배의 근황을 들으며 가슴이 두근거렸다. 선배는 나를 잊었을지도 모르는데 나 혼자 마음이 다가갔다 도망갔다 분주해졌다.

그 사람과 헤어지고 돌아오는 길, 선배와의 일이 다시 소환되면서 쓸쓸해졌다. 그때의 난 왜 그리 성급하고 서툴렀을까. 사람과 나쁘게 헤어지지 않기 위해 노력하는 것은 중요하다. 그러나 그보다 더 중요한 건, 적당한 거리와 선이었다. 내 필요를 채우고자 하는 마음이 더 컸던 나는 선배와의 관계에서 가장 적정한 선을 넘었고, 친한 척, 믿을 수 있는 오른팔인 척 오버를 하다가 스스로 튕겨 나갔다.

사람과의 관계는 나이를 먹어도 어렵다. 갈수록 누군가와 친해지는 것도 어려워지지만, 좋은 관계를 유지하는 것, 또 엉킨 관계를 푸는 건 훨씬 더 어렵다. 푼다 해도 다시 옛날처럼 돌아갈 수 있는 것도 아니니 "굳이 뭘" 하며 자꾸 덮어버리고 싶어 더 그렇다.

사실 지나간 인연, 그것도 직장 동료와의 관계는 끊어져도 크게 아쉽진 않다. 하지만 선배하고는 길 가다가 마주치면 반

가워할 수만 있어도 좋겠다는 바람이 스멀스멀 올라온다. 이
것도 욕심일까. 아니면 때린 사람이 잠 못 자는 심리일까.

당신의 괜찮다는 말도 좋지만

"'괜찮다'는 참 좋은 위로지만, 현실 속에서 저 스스로 괜찮지 않으면 아무 소용없는 말 같아요."

영화 〈다행이네요〉를 연출한 김송미 감독의 말이다. 이 영화는 괜찮지 않은 청년들이 괜찮아지기 위해서 프로젝트 마을인 '괜찮아마을'에서 6주 동안 지내는 모습을 촬영한 다큐멘터리 영화다. 인생의 큰 고비에서 자신과 별반 다르지 않은 청년들이 나름의 길을 찾아가는 모습을 촬영하며, 김 감독은 어떻게 해야 괜찮아질 수 있을지 함께 답을 찾았다.

많은 시행착오 끝에 그들이 찾아낸 답은 인정해주는 '말'이었다. 나 스스로를 인정해야 하는 것은 물론, 다른 사람의 인정도 필요하다는 것. 이 두 가지가 잘 맞물려야 사람은 건강하게 작동된다는 것을 배웠다.

결국 괜찮아진다는 건, 자기 자신과 다른 사람의 인정 속에서 자신의 가치에 납득하고, 잘할 수 있는 일을 찾아가는 것. 설사 그 길이 세상이 말하는 탄탄대로가 아니어도 말이다.

다큐멘터리 감독이라는 이상과 영상 스튜디오를 운영하며 돈을 벌어야 하는 현실 사이에서 무게중심을 잡고 서 있는 김 감독은 사람들이 다 가는 길, 혹은 크고 화려한 길이 아닌, 일상의 작은 행복을 소중하게 여기는 가치를 잃고 싶지 않다고 말한다. "괜찮다"라는 말이 싫을지 몰라도 그녀는 꽤 괜찮아 보였다.

외부에서 청탁을 받아 김 감독을 만나고 돌아오는 길, 그의 말이 머릿속에서 떠나질 않았다. 30대에는 열심히 일해서 인정받으면 그게 행복인 줄 알았다. 또 남들이 사는 대로 사는 게 안전한 줄 알았다. 그래서 온 힘을 다해서 목표도 달성하고 승진도 했다. 하지만 삶에 늘 그런 순간만 있는 건 아니다. 목표를 달성해도 기쁨은 그때뿐, 이내 이걸 하려고 그렇게 애쓰며 살았나 싶고 공허해졌다.

열심히 살다가 강제로 브레이크가 걸려 백수가 되거나 연애가 생각대로 안 풀릴 때는 더 최악이었다. 그런 처지를 견뎌낼 마음의 힘이 없었다. 목표 달성이 행복이라고 착각하고 살았으니 그 목표에 배신당하고 굴러떨어질 때면 나를 사랑할 어떤 이유도 찾지 못했던 것이다.

명함이 없으면 초라했고, 이력서를 냈는데 아무 데서도 연락이 오지 않으면 나 자신이 폐기된 존재로 전락한 것 같았다. 통장의 잔고가 '0'을 향해 갈 때는 내 자존감도 곤궁해졌다. 작은 말 한마디에도 상처받고, 풀어내지 못한 상처는 늘 두 가지 나쁜 방향으로 향했다. 무리해서 더 열심히 하거나, 무기력해지거나.

나를 못마땅해하고, 스스로 납득할 만한 수준이 되도록 늘 다그쳤다. 그러나 그게 어디 쉬운가. 안 되면 안 된다고 미워하고, 자기 연민에 빠져 허우적거렸다. 돌아보면, 예전의 나를 지금의 내가 야단치고 싶다. 너는 왜 너의 가치를 그렇게 사랑하지 않고 업신여겼느냐고.

영화를 찍고 나서 김 감독에게 어떤 변화가 있었는지 궁금했다. 가장 큰 외적 변화라면 자신만의 작업실을 만든 것이라고 한다.

"저 스스로 괜찮아야 누군가에게도 '괜찮다'라고 말할 수 있는 자격이 조금이라도 생기지 않을까요."

작업실 벽 군데군데 붙어 있는 메모에 그녀의 싱그러운 결기가 가득했다. 자신과 자신의 삶을 사랑하기 시작한 30대 초반의 그녀는 반짝이고 있었다. 그런 그녀를 보며 생각했다.

'아, 나도 저 나이 때 이걸 알았다면 좋았을걸.'

나 스스로 괜찮아지기 위해 해야 할 일은 무엇일까? 어려운 것도 아닌데 못 하고 있는 것들이 얼마나 많은가. 내 경우에는 짐으로 가득 찬 다용도실과 방을 정리해서 작업할 책상 공간을 만드는 일이 그렇다. 막상 해보면 반나절도 안 걸릴 일인데 말이다. 또 몇 년 전 독립할 때 친구한테 선물 받은 고급 식기 세트를 그만 애지중지하고 사용하는 것도 포함된다. 올해 들어서 나 자신을 위해 적어도 하루에 한 끼는 제철 음식으로 정성스럽게 먹자고 결심했는데, 6개월이 지난 지금까지도 늘 대충 때우자는 유혹에 넘어갈 때가 많다. 결심이 시들시들해지던 차에 며칠 전 이 그릇을 발견하고는 한숨이 나왔다.

'난 이 좋은 걸 왜 쓰지 않고 모셔두고 있는 걸까.'

좋은 거니까 손님 오면 대접한다고 고이 모셔둔 것인데, 사실 손님이 집에 오는 일은 많지 않고 밥을 먹는 경우는 더더구나 적다. 그런데도 아까워서 못 쓰다 보니 잊어버리는 지경까지 이른 것이다. 한 끼를 정성스럽게 해 먹는 건 못 하더라도 있는 반찬을 좋은 그릇에 보기 좋게 담아 먹는 건 그다지 어려운 일도 아닌데 말이다.

18년 전, 지금 살고 있는 집에 들어올 때부터 쪽방 같은 내 방과 베란다를 터서 넓게 만들자는 말이 나왔는데 난 곧 이 집을 떠날 거라는 생각에 유보했다. 중간에 나가서 산 3년을 제외하고는 난 여전히 이 방에서 감당할 수 없는 짐들을 이고 지고 아무렇게나 살고 있다. 일어나지도 않은 미래의 일 때문에 좋은 것을 미루며 산 것이다.

스스로를 소중하게 여기고 대접하는 것에 익숙하지 않은 삶에는 '대충'이나 '아무렇게나'가 많다. 과연 나만 이럴까. 주변에 아이보다 자신이 더 소중하다는 사실을 너무 늦게 깨달았다고 고백하는 친구가 꽤 있다. 가족 때문에 꿈을 포기하고 살아온 친구도 후회된다는 말을 종종 한다. 아이나 가족이 소중하지 않아서가 아니라 인생을 길게 놓고 봤을 때 자신이 행복해야 가족에게도 더 좋다는 의미였다. 스스로 괜찮아야 누군가에게도 괜찮다고 말할 자격이 있다는 김 감독의 말과 같은 맥락이다.

성공하거나 부러움을 살 만한 구석은 없지만, 그래도 괜찮은 삶을 살 수 있다는 가치를 추구한다면 이제라도 내게 주어진 일상을 쓸고 닦으며 광을 내야 한다.

방송인 이영자는 지금의 전성기가 오기 전, 아무도 자신을 찾지 않을 때나 타인이 내뱉은 말에 상처받을 때 자신을 소중히 여기는 순간을 차곡차곡 모았다고 한다. 예를 들면 작은 화분을 가꾸는 일들이다.

나도 고급 그릇부터 꺼냈다. 그리고 일단 책장의 책들을 싹 정리했다. 내일은 책장과 책상 배치를 해보고, 다음 날에는 인터넷 선을 새로 연결하고, 그다음에는 또 다른 것들을 하나씩 해보려 한다.

자신만 모르는 횡포

개편이 되고 새로 고정 게스트가 정해진 지 얼마 지나지 않아
서였다. 여느 때처럼 고정 게스트가 와서 반갑게 맞이하러 나
갔다가, 그의 표정을 보고 순간 당황했다.

'나 말하기 싫으니까 좀 나가줄래?'

딱 그런 눈빛이 레이저처럼 나를 쏘아보고 있었다. 그 기운
에 눌려서 나는 인사만 겨우 하고는 급유턴했다. 그 순간 느
낀 당혹감과 무안함이란.

그는 그날을 마지막으로 더 이상 고정 출연이 어렵다고 했
다. 몸이 너무 안 좋아져서라고 했지만 진짜 그런지는 확인할

길이 없다. 분명한 건, 나한테 화를 낸 건 아니라는 것. 좋은 마음으로 그의 쾌유를 빌었다.

언젠가 일 때문에 만난 사람이 자신은 회사에서 화가 나면 말을 안 하는 스타일이라고 했다. 그 자리에서 화를 내기보다는 자신의 감정을 삭이는 시간이 필요하다는 뜻이었다. 그 말 속에는 자신의 스타일에 대한 긍지가 엿보였다. 무슨 일이 생겼을 때 큰소리로 부하 직원에게 윽박지르는 무식한(?) 사람이 아니고 다른 사람을 배려하는 상사라는. 그때는 자신의 감정을 추스르는 시간을 갖는 건 나름 좋은 방법이라고 생각해서 그런가 보다 했다.

그러나 그 사람을 겪을수록 의문이 생겼다. 가만 보면 화를 내는 것만큼이나 알 수 없는 침묵으로 사람을 불편하게 만들곤 했기 때문이다. 함께 식사를 잘하고 돌아오는 길에 갑자기 입을 다물어버린다든지, 실컷 잘 떠들다가 어느 순간부터 단답형으로 답을 한다든지.

그러면 그 순간부터 긴장이 됐다. '저 사람 왜 저러지?', '내가 무슨 말실수를 했나?' 그러면서 눈치를 보게 됐고, 그 사람과 헤어지고 나서도 내내 찜찜했다. 넌지시 물어봐도 아무 일도 아니라고 했다. 누가 봐도 무슨 일이 있는 게 뻔한데도 말이다.

그러다 어느 순간엔가는 자기 혼자 풀려서 아무 일도 없었다는 듯이 대하는 모습을 보면 혼란스러웠다. 이유도 없이 당하고 또 이유도 모른 채 받아줘야 하는 일이 반복되자 농락당하는 기분마저 들었다.

그러자 그 사람과 대화할 때마다 긴장됐고 만남이 피곤해졌다. 나중에는 솔직하게 말했다. 당신은 침묵이 배려라고 하겠지만, 당신의 원인 모를 침묵을 견뎌야 하는 사람 입장에서는 벌서는 심정이라고. 계속 눈치를 보게 하는 건 감정적으로 폭행하는 것과 같다고.

스스로에 대한 평가가 후했던 그는 내 말에 충격을 받은 듯했다. 그리고 또 싸늘한 침묵. 결국 나는 더 이상 그와 일하지도, 만나지도 않기로 했다. 절이 싫으면 중이 떠나는 수밖에. 무엇보다 그게 나를 지킬 수 있는 유일한 방법이기도 했다.

생각해보면, 나도 2, 30대 때에는 비슷한 모습이었다. 스트레스를 받거나 우울하거나 화가 나면 '나한테 말 걸지 마', '나 건들지 마' 하는 기운을 온몸으로 드러내곤 했다. 내 감정과 기분에 빠져서 나의 감정받이를 해야 하는 다른 사람이 어떤 기분일지는 헤아리지 못했다. 그 당시에도 누군가 나에게 "무슨 일이 있어요?"라고 묻기도 했던 것 같은데 솔직하게 말하지 못했다.

다행이라면, 시간이 지나면서 나도 비슷한 상황을 겪고, 비슷한 사람에게 똑같이 당하며 내 모습이 객관적으로 보이기 시작했다는 점. 내가 가해자일 때는 보이지 않던 것들이 피해자가 되자 보인 것이다.

그때야 비로소 안 좋은 감정을 불러일으킨 사건과 상관없는 사람들에게 감정을 배설해서는 안 된다고 자각했고, 그러지 않기 위해 노력했다. 반대로, 내 잘못이나 실수가 아닌, 나와 무관한 일로 배설하는 안 좋은 감정과 대면했을 때 '너 기분이 안 좋구나. 나하곤 상관없어' 하며 무심해지거나 그래도 안 될 땐 물리적 거리를 두었다. 상대의 감정에 휩쓸려 감정 노예가 되지 않기 위한 일종의 자구책이었다.

사적인 관계를 잘 유지하는 것도 어렵지만, 사회적 관계를 세련되게 잘한다는 것도 쉬운 일은 아니다. 어떤 식으로든 우리는 타인과 관계를 맺으며 살고 있고, 그 관계에 의해 평판이라는 것이 생기기도 하며, 그 평판이 내 길을 만들어주기도 한다. 그렇기에 관계는 매우 중요하다. 다른 사람의 평판에 매여서 그저 허허실실 좋은 사람이 되어야 한다는 말은 전혀 아니다. 기분이 나쁠 때도 있고 도무지 감정 조절이 안 되어 우거지상을 할 수밖에 없을 때도 있다. 인간은 버튼만 누르면 감정이 세팅되는 존재가 아니니까.

그러나 최소한으로 현재 자신의 감정에 상관없는 사람들에게는 감정을 전이하지 않도록 주의하는 것은 중요하다. 쉽게 말해 엉뚱한 곳에 화풀이해서는 안 된다는 점이다. 분노는 대개 나보다 약자를 향하는 속성이 있기 때문에 더욱 그렇다.

자기감정을 잘 소화시키지도 못하면서 침묵으로 다른 사람을 눈치 보게 만드는 건, 자기보다 약한 사람에게 안 좋은 감정을 배설하는 것과 마찬가지로 관계에서의 갑질이다.

이런 다양한 심리적 갑을 관계에 대해 정혜신 박사는 『당신이 옳다』라는 책에서 이렇게 조언한다.

사회적 관계에서는 너와 나를 갑과 을로 나눌지 모르지만 심리적으로 모든 사람은 갑 대 갑이다. 갑과 을 같은 사회적 관계로 너와 나의 관계 전체가 결정되는 것이 아니라는 점만 인지할 수 있어도 갑을 관계를 갑갑의 관계로 바꿀 수 있다.

요즘은 사람 만날 일도 그다지 많지 않지만, 이런저런 생각을 안 해도 되는 편한 관계만 만나고 싶을 때가 있다. 하지만 목구멍이 포도청인데, 그럴 수 있는 사람이 과연 얼마나 될까. 그러나 정혜신 박사는 먹고살기 위해서라도 자신을 망가뜨리는 관계를 끊어야 한다고 단호하게 말한다. 먹고사는 힘은 자기를 지켜내는 힘에서 만들어지기 때문에.

맞다. 지금까지 유지되는 관계를 보면 공통점이 있다. 그들은 모두 서로에게 좋은 거울이 되어주거나 나를 좀 더 나은 사람이 되고자 북돋아준다는 것.

너무 애쓰지 않는 마음

안 되는 일 억지로 되게 하지 않기. 무엇을 하든 열심히 하는 게 몸에 밴 체질이라 이렇게라도 마음을 잡지 않으면, 무조건 애를 써버린다.

천천히, 무리하지 않고 순리대로 살기로 선택했는데 사실 지난해에는 실천이 어려웠다. 달려오던 속도를 갑자기 줄이기가 어려운 건 당연한 일, 게다가 '열심히 살지 않는 것 = 무용한 사람'이라는 공식에서 자유로워지기가 쉽진 않았다. 아무도 뭐라고 하지 않는데, 뭔가 더 해야 할 것 같은 조급함에 떠밀리기도 하고, 내 무능함이 실망스러워서 무기력에 빠지기도 했다.

그러나 올해는 달랐다. 실제로 별로 애를 쓰지 않았다. 그러다 보니 자연스럽게 다른 해보다 일이 줄었다. 당연히 수입도 줄었다. 그런데도 신기하게 다른 해보다 많은 일이 있었다. 우선 총 세 권의 책을 계약했고, 한 권의 책을 출간했다. 관련해서 유튜브로 인터뷰 영상까지 찍었다. 모두 내가 하고자 애를 쓴 것도 아니었는데 말이다. 내가 한 것은 단 하나. 그저 꾸준하게 썼다는 것뿐이다.

수입이 줄었다고 해서 졸라매고만 살지도 않았다. 내가 꼭 배우고 싶었던 강의 두 개를 들었고, 봄에는 친구와 제주도 여행, 가을에는 후배와 마카오 여행을 저렴하고 알차게 다녀왔다. 내 일상은 느슨해졌지만, 일상으로부터 느끼는 행복의 빈도는 늘었고, 만족의 밀도도 높았다.

언젠가 한 프로그램에서 가수 이효리가 나중에 커서 훌륭한 사람이 되고 싶다고 한 아이에게 해준 말이 있다.

"뭘 훌륭한 사람이 돼. 그냥 아무나 돼."

사람마다 크기와 능력이 다른데, 돌아보면 나는 누구나 꿈꾸는 '훌륭한 사람'을 기준으로 삼고 그렇게 되기 위해 스스로를 채찍질하면서 안 되는 일도 억지로 되게 하려 가련한 노

력을 너무 오랫동안 하고 살았다.

　작은 배가 말한다. '잡아당기지 마세요. 누르지 마세요. 우리는 하나하나 달라요. 하나하나 걸리는 시간도 달라요. 그러니까 빨리빨리라고 말하지 마세요.' 작은 배는 또 말한다. '우리는 크기가 달라요. 우리는 모양도 달라요. 비교하지 마세요. 비교하면 마음이 작아져요. 마음이 작아지면 떨려요. 마음이 떨리면 몸도 작아져요.'

—마스다 미리, 『빨리빨리라고 말하지 마세요』 중에서

　언젠가 우연히 이 그림책을 보며 울컥했다. 그 이후로 마음이 조여올 때마다 이 책을 꺼내 본다. 나를 채근하는 빈도가 줄어들면서, 실제로 그 전보다 많이 웃었다. 행복하다고 느끼는 순간도 많았다. 그래서 내년에도 올해처럼 살고 싶었으나 나의 소박한 목표를 흔드는 야속한 일은 늘 생기기 마련이다. 라디오 프로그램 PD로부터 방송 시간이 반으로 줄었다는 소식을 들었다. 그 말은 수입도 반 토막이 난다는 뜻. 가뜩이나 쥐꼬리만 한 원고료였는데 거기서 반이라니, 웃음이 나왔다.

　이런 일들은 내 의지와 상관없이 하루아침에 전격적으로 일어난다. 청취율이라는 호환 마마보다 무서운 존재 앞에서 떨어진 청취율을 만회하기 위한 방법을 강구할 때 방송작가의 생존권은 전혀 고려 대상이 아니다. 여러 번 겪어온 일인데도 불구하고 겪을 때마다 씁쓸한 건 어쩔 수 없다. 다시 한번 흔들리는 나의 생존권 앞에서 슬금슬금 고민이 고개를 들어 새해를 맞는 마음이 무거웠다.

나는 과연 내년에도 같은 목표를 지킬 수 있을까. 많이 일하지 않고 적게 버는 삶이 주는 여유를 지속할 수 있을까. 아무것도 되지 않아도 된다며 나를 위로했던 꿈, 안 되는 것을 억지로 되게 하지 않겠다는 목표 아래에서 평안하고 충만한 한 해였는데, 다시 안 되는 걸 되게 하기 위해 애를 쓰게 될까 봐, 아니 애를 써야만 하는 상황이 될까 봐 겁이 났다. 그래, 지금까지의 경험상 어떻게든 살아낼 것이다. 아무것도 안 된 채로 잘 살았으니 앞으로도 그럴 것이다.

다만, 빼앗기고 싶지 않은 것을 잘 지키고 싶다. (잘 쓰진 못해도 계속 썼던) 꾸준함, (가끔 조급해지긴 했어도) 너무 애쓰지 않는 마음, (시기심과 좌절감 사이를 분주히 오가다가) 나와 어울리지 않는 것들을 덜어내고 받아들인 나 자신, (늘 그런 건 아니지만) 돈이 없어도 여유로웠던 마음, (기대했던 내가 아니어도) 나를 좋아하고 인정하고자 했던 마음 같은 것들 말이다.

베프와 이상형 사이

어릴 때부터 친한 친구가 있었다. 밤을 새우고 이야기를 나누어도 또 할 이야기가 있는 단짝 친구. 만나면 시간 가는 줄 몰랐고, 모든 면에서 잘 통하는 친구였다. 서로에 대해 가장 잘 알 정도로 비밀이 하나도 없는 관계는 오랫동안 유지되었다. 베프와 함께 나가기 시작한 독서모임에서 A를 만나기 전까지는 말이다.

A는 독서모임에서 친해진 또래 친구였다. 대화를 나누다 보면, '어? 내 생각하고 똑같네!' 할 정도로 통하는 게 많았다. 예를 들면, 영화를 보고 감동을 느낀 포인트나 가장 좋았던

장면이 같았을 때. 서로 맞장구를 치고 '동감!' 하는 순간이 많아지면서 속으로 '이게 바로 소울메이트라는 건가?' 하는 생각이 들었다.

사람마다 이성에게 끌리는 요소가 다를 텐데, 내 경우에는 대화가 통할 때다. 그래서 그와 어울릴수록 그에 대한 내 감정이 모닥불처럼 타올랐고, 내 감정을 베프에게 조심스럽게 털어놓았다. 베프와 A, 나 모두 친구였기 때문에 베프는 장난스럽게 놀리면서도 나의 감정을 응원해주었다. 마침 베프도 짝사랑하는 연하남이 있었기 때문에 우리는 더 죽이 맞았다. 그들에 대한 수다가 쌓여갈수록 감정도 일방적으로 부풀어 올랐다. 그러나 그런 들뜸마저도 마냥 즐겁고 행복했다.

문제는 A가 베프를 보는 눈이 달라지는 걸 감지하면서 시작되었다. A도 베프의 마음이 다른 사람에게 있다는 사실을 알고 있었는데, 그의 마음이 숨겨지지 않았다. 그 마음이 나에게 너무나도 선명하게 보여서 당황스럽고, 한편으로는 초조했다.

"A가 너 좋아하는 것 같아."

내가 베프에게 말하자 베프는 알고 있었다는 듯이 아무렇지 않게 말했다.

"걔랑은 그냥 친구야."

내심 안심하면서도 나는 베프가 그에게 어느 정도 확실한 선을 그어주길 바랐던 것 같다. 불안한 탓이었다. 그러나 내 바람과는 달리 베프는 그와 계속 친하게 지냈고, 내 불안은 커졌다.

그래도 베프를 믿었다. 그리고 A의 마음을 존중하면서도 지금은 베프에게 고백한 것도 아니고 친하게 지내다 보면 나에게도 기회가 올지 모른다고 생각했다.

표현은 하지 않았지만 아마 A도 내가 자기를 좋아한다는 걸 눈치챘을 것이다. 이런 관계가 위태롭기는 했지만 균형을 깨는 게 싫어서 우리는 모른 체하며 어울렸다.

그러나 아슬아슬한 평화는 오래가지 못했다. 얼마 뒤, 베프가 좋아하는 이에게 적극적으로 고백을 했다가 거절을 당한 것이다. 오랫동안 좋아한 만큼 베프의 충격이 컸다. 그런데 그 일이 있고 나서 며칠 뒤, 베프가 나에게 충격적인 말을 전했다.

"나, A와 사귀기로 했어."

그 말을 듣는 순간, 갑자기 머릿속이 멍해졌다. 아니, 이게 무슨 일이지? 누구보다 내 감정을 잘 아는 친구가 어떻게 이럴 수가 있지? 그 연하남에 대한 감정이 이렇게 며칠 만에 다른 사람에게 갈 수 있는 건가? 진심인 건가?

배신감에 온몸의 모든 기능이 정지되었다. 내 앞에서 당당하게 그 말을 하는 베프에게 나는 어떤 말도 하지 못 했다. 지금은 기억나지 않지만, "내가 A를 얼마나 좋아하는지 알면서 어떻게 그럴 수 있냐?"는 말도 못 했던 것 같다. 엄밀히 따지면, 나와 A가 사귄 것도 아니고, A는 베프를 좋아하고 있었으니까.

이성적으로는 그들의 잘못이 아니라는 걸 알면서도 감정적으로는 도무지 받아들일 수가 없었다. 그동안 베프와 나눈 시간, 쌓아온 신뢰가 와장창 소리를 내며 깨져버렸다. 나는 연락을 끊고 잠적했다. 베프처럼 아무렇지 않을 자신이 없었기 때문이다. 게다가 막 사귀기 시작한 커플의 모습을 덤덤하게 볼 자신은 더더구나 없었다.

"네가 친구냐?"

"친구면 이래선 안 되는 거 아니니?"

울기도 많이 울었고, 혼자 허공에 대고 따지기도 했다. 내 짝사랑이 끝난 것보다 내 감정을 배려하지 않은 베프에 대한 배신감이 몇 배는 더 컸다. 그렇다면 베프가 어떻게 해야 했을까. 내가 다른 사람에게 억울함을 토로하자 나에게 돌아온 질문이다.

"그래도 나에게 한 번쯤은 미안하다고 말해주면 좋았을 뻔했어."

그러자 그 사람은 말했다.

"그러면 좋았겠지만, 냉정하게 따지면 베프가 그렇게 해야 할 의무는 없어."

그런가. 그때 난 혼란스러웠다.

베프와의 우정을 지킬 것인가, 이대로 끝낼 것인가. 솔직한 심정으로는 다시는 보고 싶지 않았다. 아니, 볼 자신도 없었다. 그러나 이 사건 하나로 몇 년 동안 지속해온 관계를 무 자르듯 자르기에는 베프와 보낸 시간들이 너무 소중했고, 두 사람 모두 잃고 싶지 않았다. 나만 참으면 되는데, 굳이 판을 엎는 사람이 되고 싶지 않았다. 선택받지 못한 자의 찌질한 모습을 보이는 게 자존심 상하기도 했다. 더구나 나와 사귄 것도 아닌데 내가 배신감을 느끼며 두 사람을 잘라내는 게 오버 아닌가 싶은 생각도 들었다.

결국 난 눈을 질끈 감았다. 그리고 모르는 척, 괜찮은 척 아무 일도 없었던 것처럼 굴었다. 속으로는 쓰라려 죽겠으면서.

그런 속을 아는지 모르는지 그들은 불이 붙어서 때와 장소를 가리지 않고 꽁냥꽁냥했다. 그들은 영영 모를 것이다. 내 마음이 아물 때까지 그들의 모습을 보는 마음이 얼마나 아팠는지, 그래서 저러다 깨지길 바라는 심통을 얼마나 부렸는지, 다른 사람 마음을 아프게 하고 잘 사나 보자, 하는 못된 마음도 있었다는 걸.

사회생활을 하면서 믿었던 선배에게 돈을 떼이어보기도 하고, 내 앞에서는 사람 좋은 척하다가 뒤에서는 다른 말 하는 사람을 만나보기도 했지만, 지금까지 가장 큰 배신감을 느낀 건 그때였다. 내가 믿고 좋아한 가장 친한 친구였기 때문이다.

가끔은 엉뚱한 생각이 들곤 한다. 베프에게 난 친구였을까. 한 번도 묻지 않았으니 답을 듣지 못했지만, 어쩐지 듣지 않아도 씁쓸하다. 나에게 설명을 하지 않았기 때문에 어떤 마음이었는지 잘 모른다. 다만 그때 베프의 행동은 우리 관계에 세게 날아 들어온 돌멩이였다.

베프와 그 친구는 결혼해서 지금도 행복하게 아들 딸 낳고 잘 살고 있다. 다른 사람들의 존경을 받고 좋은 일도 많이 하면서 화목하게 사는, 그야말로 모범적인 가정이다. 평생 자기만 봐줄 것 같다는 베프의 말처럼, A는 여전히 아내 바라기다. 베프의 안목이 맞았다.

가끔은 그런 생각이 든다. 저들은 진짜 인연이었구나. 아니, 저들이 좋은 인연이 되게끔 가정을 잘 가꾸어 나가고 있구나. 그들은 여전히 변함없이 잘 살고 있지만, 평생 갈 것 같았던 우리의 우정은 조금 변했다. 깊은 내상을 입고도 지키고 싶었던 우정이었는데 말이다. 사는 모습이 달라지면서 가치관도 변하고 조금씩 벌어진 틈을 메우지 못한 탓이다. 아니, 어쩌면 한번 깨진 신뢰를 제대로 회복하지 못한 탓일 수도.

그 시간이 생각날 때마다 후회되는 점이 있다. 베프가 A의 손을 잡기 전에, 차이더라도 시원하게 고백이나 해볼걸. 나도 무언가를 솔직하게 욕망해볼걸. 아픈 건 아프다고 찍소리라도 내볼걸. 우정이 깨질까 봐 무조건 덮기보다 깨지더라도 솔직하게 마주할걸. 그러면 베프와 나의 다음 이야기도 조금 달라지지 않았을까. 적어도 꺼림칙한 후회는 남지 않았을 것 같다.

어색해지는 게 싫어서 그들이 장난스럽게 나를 짝사랑녀 취급해도 웃으면서 좋게 좋게 넘겨버린 건 비굴했다. 아마 그때 난 그들에게 좋은 사람이고 싶었던 것 같다. 지나고 보

니 좋은 사람, 별로 쓸데도 없는데 말이다. 한마디로 실속이
없다.

　얼마 전, 한 친구가 몇 년 만에 그 베프와 함께 만나자는 연
락을 했다. 아주 간간이 안부 연락을 했지만 그나마도 끊긴
지 4년 정도 되었고, 더구나 만난 지는 10년도 넘었는데, 솔직
히 말해서 별로 내키지 않았다. 이제는 너무 멀어져서 함께 나
눌 이야기도 마땅치 않은 마당에, 만나서 추억 팔이 수다를 떨
만큼 한가하지도 않았다. '굳이 왜 만나야 하지?' 이런 마음이
든다는 게 하나도 미안하지 않아서 스스로에게 놀랐다. 영화 속
에서는 좋아했던 남사친이 다른 여자와 결혼해도 감정적 우여
곡절을 겪은 뒤에 다시 잘 지내지만, 현실은 영화와 달랐다.
　우리는 얽히고설킨 관계 속에서 살아간다. 잘못과 실수, 오
해 속에서 떠나기도 하고 멀어지기도 한다. 내 쪽에서 거리를
두기도 하고, 멀어지는 걸 일부러 허용할 때도 있다. 그러나
꼭 지키고 싶은 관계, 지켜지는 관계는 있기 마련이다. 바로
신의를 깨지 않도록 '서로' 성실하게 노력하는 관계다.

　시간이 지나고 하나의 관계가 끝날 때마다 나는 누가 떠나는 쪽

이고 누가 남겨지는 쪽인지 생각했다. 어떤 경우 나는 떠났고, 어떤 경우 남겨졌지만 정말 소중한 관계가 부서졌을 때는 누가 떠나고 누가 남겨지는 쪽인지 알 수 없었다.

— 최은영, 「쇼코의 미소」 중에서

성실한 무기징역수처럼

학교 동창 중 가장 출세한 친구는 한 회사의 이사로 있는 A다. 동창끼리 A를 두고 하는 말이 있다.

"걔는 참 잘 풀렸어."

영민하긴 했지만, 그 정도로 잘나갈 줄은 몰랐던 터라 더 그렇다. 하긴, 예측대로 풀리는 삶이 어디 있을까마는.

학교를 졸업할 때만 해도 우리는 똑같은 선에서 출발했다. 30대에 들어서면서 비로소 자기 페이스를 갖고 달리기 시작했다. 나도 정말 열심히 달렸다.

그러다 엄마의 성화에 못 이겨 한의원에 끌려갔을 때였다.

"이러고 어떻게 살아요? 맥이 하나도 안 잡히네."

진단 결과 우울증이었다. 그리고 얼마 뒤 스트레스로 인한 돌발성 난청이 왔는데도 그 사실조차 모른 채 연일 야근을 하다 결국 한쪽 청력을 잃었다. 그런데도 회사를 박차고 나오기가 쉽지 않았다. 그때 내 나이가 서른 중반, 한창 일하며 커리어를 쌓을 나이였으니 브레이크를 잡기가 더 어려웠다. 내가 원하는 미래에 이르기 위해 과도하게 애쓰면서 살았다. 빨리 어딘가에 다다르고, 무언가를 마련해 놓아야 할 것만 같은 조급함과 욕망이 늘 혼재되어 나를 밀어붙이곤 했다.

그렇게 경주하듯 앞만 보고 내달리는 동안, 내 얼굴은 드라마 〈나의 아저씨〉 속 표현처럼 변해 있었다. 하루하루를 꾸역꾸역 살아가는 "성실한 무기징역수"처럼. 그런 내 모습을 보며, '아등바등 살았는데 나만 고작 여기인가' 하는 허탈함이 물밀듯이 밀려왔다.

그러다가 그런 허무에서 조금 자유로워진 건 2년 전 참석한 동창 아버지의 장례식장에서였다. 아주 오랜만에 A가 얼굴을 내비쳤다. 서로 안부를 나누는 와중에 A는 자녀에 대한 고민을 털어놓았다. 꽤 심각한 문제였다. 다들 걱정하며 위로

해줬는데, 가만히 둘러보니 다른 친구들이라고 해서 사정이 좋은 건 아니었다. 누군가는 싱글맘으로 회사의 갑질을 견디며 고군분투하는 중이었고, 누군가는 큰 병을 이겨내자 친정엄마가 치매에 걸려 또다시 마음고생 중이었다. 각자 서 있는 자리는 다르지만, 감당해야 하는 무게는 비슷했다. 누가 더 낫다는 건 없었다.

그러자 그제야 보이는 게 있었다. 같은 지점에서 출발해서 와다닥 달려 나갔던 사람들, 그래서 '이대로 살아도 괜찮은 건가?' 하면서 나를 불안케 했던 주자들, 이들 모두 비슷한 지점에서, 비슷한 고민을 나눈다는 사실이다. 결국 모든 삶이 오십보백보처럼 느껴졌다.

어차피 비슷한 지점에서 만나게 될 텐데 왜 그렇게 아등바등했을까. 어리석게도 그때는 몰랐다. 그렇다고 열심히 사는 삶을 무조건 부정하는 건 아니다. 다만 눈앞의 것에 급급하며 살았던 과거를 후회할 뿐이다. 근시안이 되어 나를 돌보지 못했고 주변에도 무심했다. 그렇게 내 삶은 갈수록 지루하고 경직됐다.

"아이의 한창 예쁜 시기는 다시 되돌릴 수 없어."

부모들이 종종 하는 말이다. 나의 빛나는 30대도 다시 되돌릴 수 없다는 걸 그땐 잘 몰랐다.

약간의 틈을 만들기. 그때로 돌아간다면 나에게 해주고 싶은 말이다. 나에게 필요했던 건 쳇바퀴 같은 하루를 더 빨리 달리는 것이 아니라 잠시 쉬어갈 틈을 만들어주는 것이었다. 그래야 인생을 좀 멀리 보면서 진짜 놓치지 말아야 할 게 무엇인지 판단할 수 있기 때문이다. 과도한 책임감에 휘둘리지 않으며 중심을 잡을 수도 있다.

틈을 만드는 좋은 방법 중 하나는 익숙하지 않은 딴짓을 해보는 것이다. 내가 아는 어떤 기자는 워킹맘으로 바쁜 와중에도 일주일에 한 번씩 소설 쓰는 수업을 배운다. 그가 올리는 소설 리뷰를 볼 때마다 넘치는 열정과 예리한 통찰력에 감탄하곤 했다. 지금도 퇴사한 선배와 함께 글쓰기 플랫폼에 꾸준히 글을 올리며 자신의 세계를 확장해나가는 모습은 더없이 부럽고 존경스럽다. 또 평소 요리에 관심이 있던 IT업계의 한 개발자는 퇴근 후에 다이닝을 배운다.

작년에 일하는 라디오 프로그램에서 '딴짓 프로젝트'를 기획한 사람을 섭외한 적이 있다. 카카오에서 기획자로 일하던 백영선 씨는 퇴근 후에 '낯선대학'이라는 모임을 만들어 각 분야 또래 직장인들을 초대했다. 그들은 매주 한 차례 모여 자신의 경험과 인사이트를 나눴다. 처음에는 그저 '나는 이 회사에서 무엇인가. 회사를 위해 하는 이 일은 정말 내 일인가'라는 개인적 고민에서 출발했다고 한다. 그러나 전혀 다른 영역의 사람들이 연결되면서 일으키는 시너지는 의외로 컸다. 백영선 씨 본인은 물론 참가자들에게 낯선 만남이 삶을 확장시키고 새로운 자극이 된 것이다. 엄청난 호응과 함께 낯선대학은 더 다양한 형태로 진화하며 진행 중이다.

  퇴근 후에까지 그렇게 다른 일을 하면 방전되지 않느냐고 묻자 그가 한 말이 인상적이었다.

이건 충전되는 경험이지 방전되는 경험이 아니에요. 사이드 프로젝트의 가장 큰 특징은 자신이 주도권을 쥔다는 겁니다. 자신이 주도하는 일에서는 쉽게 방전되지 않는 거 같아요. 몸의 힘이 떨어져도 마음의 힘이 좋기 때문에 삶의 균형을 유지할 수 있는 거죠.

  자신의 일이 즐겁지 않거나 너무 바쁠 때 마음의 틈을 만들기 위해서는 변화를 만들어야 한다. 그러나 그것 또한 쉽지 않다. 그럴 때 낯선 환경, 낯선 사람, 낯선 상황을 만들거나 그

런 풍경에 놓일 수 있도록 기회를 꾸준히 보면 어떨까. 회사 밖에서라도 자신이 주도하는 삶을 살다 보면 어느새 자신의 커리어가 거기서 발견될 거라고 생각한다.

익숙하지 않은 낯선 일들을 하거나 낯선 세계에 발을 디딜 때, 우리의 생각은 환기가 된다. 빡빡하게 조여진 마음이 풀어진다. 내 시야를 덮고 있던 것들이 걷히면 내가 머물던 세계 너머를 보는 시야를 갖게 된다. 내 삶의 지경이 넓어지는 건 당연하다. 그럴 때마다 무기징역수의 표정도 한 꺼풀씩 벗겨질 것이다.

아빠도 아빠가 처음이라

나는 〈응답하라 1988〉을 응답하라 시리즈 중 가장 재밌게 봤다. 그때 이 드라마를 보고 '내가 왜 이러지?' 싶을 정도로 며칠을 울었던 기억이 난다. 그때 내 마음의 둑을 무너뜨린 사람은 덕선이 아버지였다.

덕선이 아버지는 한일은행 만년대리로, 정 많고 사람 좋은 탓에 친구에게 빚보증을 잘못 서 월급의 반을 압류당하지만 세 남매에겐 늘 든든한 버팀목인 아빠다.

우리 아빠는 경찰 공무원이었다. 그리 높지 않은 계급으로 퇴임하셨으니 만년대리와 별반 다르지 않다. 아빠의 직장 생활도 근면성실, 박봉이어도 퇴근할 때면 주전부리를 종종 사오셨고, 아주 가끔 술을 마신 날에는 기분이 좋아져서 집에 와서도 노래를 부르곤 했다. 무뚝뚝했지만, 둘째가라면 서러울 딸 바보였으며, 엄마한테 잡혀 사는 애처가였다.

그러던 어느 날 돌멩이 하나가 우리 집을 위기로 몰아넣었다. 내가 초등학교 4학년, 오빠는 6학년이었다. 하굣길에 돌멩이 하나가 내 눈 쪽으로 날아들었다. 동네 남학생들이 장난치다가 던진 돌에 내가 재수 없게 맞은 거였다. 크게 다치진 않았지만 눈 부위가 부어오르며 욱신거리자, 놀란 나는 엉엉 울면서 집에 갔다.

엄마는 외출 중이었고 아빠가 집에 계셨다. 아빠를 보자마자 서러워진 나는 더 목청껏 울면서, 아빠가 달래주길 기다렸다. 그런데 내 예상을 완전히 빗나가는 일이 벌어졌다. 아빠는 갑자기 내 옆에 있던 아무 잘못 없는 오빠를 때리기 시작했다.

"동생이 맞고 다니는데 너는 뭐 했어?"

맞는 오빠도, 그 장면을 본 나도 충격에 빠졌다. 내 머리로는 그 상황이 도무지 이해되지 않았다. 돌에 맞은 아픔은 오빠를 맞게 했다는 죄책감과 공포로 바뀌었다. 나는 아빠의 팔을 붙잡고 울며불며 매달렸다.

그날 내 눈에 날아온 돌은 나의 마음은 물론, 아빠와의 관계도 산산조각 내버렸다. 정작 오빠는 괜찮았지만 나는 예전처럼 아빠를 대할 수가 없었다. 아빠가 무서웠고, 오빠와 의리를 지키기 위해서라도 아빠를 멀리했다. 그게 오빠에 대한 내 부채의식을 갚는 길이라 생각했던 것이다. 아빠는 아무 일도 없었다는 듯 여전히 다정했지만, 나는 복수하듯 냉랭했다.

생각해보면 그때 아빠는 몹시 서툴렀다. 그리고 아빠의 서투름을 이해하기엔 난 너무 어렸다. 〈응답하라 1988〉에서 덕선이 아빠도 서툴다. 그래서 첫째 딸 보라에게 타박당하기 일쑤다. 또 본의 아니게 차별 대우를 하기도 한다. 첫째와 막내 사이에서 늘 뒤로 밀린 둘째 덕선이가 생일 파티마저 언니 생일에 얹혀서 하게 되자 속상함이 폭발해버렸을 때, 아빠는 덕선이에게 사과한다.

잘 몰라서 그래. 이 아빠도 태어날 때부터 아빠가 아니잖아. 아빠도 아빠가 처음인데. 그러니까 우리 딸이 좀 봐줘.

딸을 달래려 겸연쩍게 웃으며 사과하는 덕선이 아빠를 보는 순간, 아빠와 나 사이에 돌이 날아들었던 날이 생각났다.

'나는 왜 덕선이처럼 아빠한테 내 마음과 감정을 솔직하게 이야기하지 않았을까. 화라도 내볼걸.'

만약 그랬다면, 아빠도 덕선이 아빠처럼 "미안해. 우리 딸이 좀 봐줘"라고 말했을지도 모를 일이었고, 나도 당연히 봐드리지 않았을까. 아빠도 잘 몰랐던 것뿐이라는 걸, 어른도 서툴러서 실수할 수 있다는 걸 그때는 알지 못했다. 그 이치를 조금 더 일찍 깨달았다면 아빠를 좀 덜 외롭게 했을 텐데.

내가 서른한 살 때 아빠는 64세의 나이로 돌아가셨다. 아빠와의 거리를 좁히지 못한 채로, 한창 일에 정신이 팔린 때였다. 어느 날, 집에 갔더니 아빠가 암 진단을 받았다고 했다. 처음에는 실감이 안 나서 슬프지도 않았고, 치료를 받으면 나을 줄 알았다. 무심하기 짝이 없는 낙관이었다. 예상과 달리 상태가 하루가 다르게 안 좋아지는 것을 보고서야 이렇게 아빠와 헤어지게 될까 봐 두려워졌다. 작동을 시작한 시한폭탄이 주어진 느낌이었다.

생각해보니 아빠와의 추억이 없었다. 아빠의 몸이 쓰러지기 직전에야 처음으로 아빠와 함께 제부도로 여행을 갔고, 아빠가 누워 계실 때에야 비로소 아빠의 손을 잡았다. 돌멩이 사건 이후 처음이었다. 어색하기 짝이 없는 뒤늦은 화해였다.

진단을 받고 6개월 만에 아빠는 세상을 떠났다. 인사조차 제대로 하지 못한 채 헤어질 줄은 꿈에도 몰랐기 때문에 후유증은 꽤 오래갔다. 슬픔이 체기처럼 가슴에 걸려 도무지 내려가질 않아서 한동안 아빠에 대한 그리움을 밖으로 표현하지 못했다. '아빠'라는 단어만 나와도 때와 장소를 가리지 않고 눈물이 나와 버린 탓이었다. 그나마 괜찮아진 건 아빠가 떠나고 10년쯤 지나서였고, 이후로도 감정적으로 무너질까 봐 아빠에 대한 기억은 좀처럼 꺼내지 않았다. 그러다 나를 무장해제 시킨 것이 〈응답하라 1988〉의 덕선이 아빠였다.

그렇게 아빠의 서투름이 이해된 그해 설날은 유난히 슬펐다. 올해도 어김없이 〈응답하라 1988〉이 재방송되었다. 이제 슬픔이 소화된 것일까. 다행히 그때보다는 편안하게 아빠를 그리워한다.

드라마의 마지막 회에서, 세월이 지나 그 시절로 다시 돌아가고 싶냐는 질문에 어른 덕선이 말한다.

난 돌아가고 싶은데. 돌아가서 만나고 싶은 사람이 있거든. 젊고 태산 같았던 부모님.

이제 내 기억 속에서만 존재하는 64세의 아빠. 아빠가 젊고 태산 같았던 때로 다시 돌아간다면 무엇을 하면 좋을까. 극중에서 덕선이 아빠가 포장마차에 앉아 자신의 고단함을 소주한 잔으로 달래며, "괜찮다. 다 괜찮다" 하던 장면이 생각난다.

아빠의 팔짱을 끼고 포장마차에 가서 같이 소주를 마시고싶다. 자신의 서투름에 가끔은 속상해서 비틀거렸을 아빠를 꼭 안아드리고 싶다. 우리 가족 중에서 유일하게 노래 솜씨가좋았던 아빠의 애창곡 〈꽃 중의 꽃〉을 오래오래 가만히 듣고싶다.

02

하루를 망치지 않도록

베프와 멀어져야 할 때

'멘탈 뱀파이어'란 말을 들었다. 『기운 빼앗는 사람, 내 인생에서 빼버리세요』 저자 스테판 클레르제의 표현을 빌리자면, 멘탈 뱀파이어란, 만나고 나면 이상하게 기운이 쭉쭉 빠지고 기분이 헛헛해지는 사람이다. 어디를 가나 그런 사람이 한 명쯤은 있기 마련인데, 책을 읽으며 충격적이었던 건 '베프'라고 생각한 친구가 사실은 멘탈 뱀파이어인 경우가 많다는 사실이었다. 그런데도 쉽게 눈치채지 못하는 이유는 오랫동안 이어온 우정 때문이다.

내게도 오랫동안 친하게 지낸 친구가 있다. 그런데 어느 때부터인가 나는 들어주는 사람, 그는 말하는 사람으로 관계가 설정되어 있었다. 친구는 만날 때마다 내가 모르는 사람에 대한 험담, 딸아이의 고단한 하루, 입시제도의 부당함 등을 쏟아냈고, 나는 흥미가 없는 이야기를 몇 시간이고 들어주곤 했다.

반면에 내 이야기를 들어줄 사람이 필요할 땐 연락이 닿지 않거나, 이야기를 해도 얼마 있지 않아 결국 자기 이야기로 돌아가곤 했다. 할 말을 양껏 쏟아낸 친구는 시원했을지 모르지만 정작 나는 지쳐서 돌아오기 일쑤였다.

관계에 대한 의구심이 들었지만, 그럴 때마다 내 발목을 붙잡은 건 오래 이어온 관계라는 사실. 어느 정도 관계에 선을 긋고 싶어도 그러면 왠지 배신하는 것 같아서 그러지 못했다. 몇 번의 진지한 대화 끝에 잘못된 관계 설정을 바로잡고 적당한 선도 만들었지만, 그렇게 되기까지는 꽤 오래 걸렸고 그만큼 감정 출혈도 컸다.

다른 친구들의 이야기를 들어보면 나와 상황만 다를 뿐 다들 비슷한 경험이 있었다. 돈 쓰는 데 인색해서 상대가 사주는 걸 당연하게 여기는 친구, 만나기만 하면 본인 하소연만 늘어놓는 친구, 늘 바쁘다면서 필요할 때만 연락하고 내가 도움을 청할 땐 연락 두절이 되는 친구 등. 모두 멘탈 뱀파이어인 친구에게 호의를 베풀다 '호구'가 되어버린 경우였다.

정신과 의사인 스테판 클레르제는 이런 친구와의 우정을 끊지 못하는 이유를 세 가지로 진단한다. 습관의 힘이 무섭고, 과거에 대한 기억은 미화되며, 우정의 의무를 다해야 한다는 생각 때문이라는 것.

결국 상대를 탓할 것도 없다. 멘탈 뱀파이어의 표적이 되도록 허용한 내 책임이 크다. 오래 알았다는 이유로 존중받지 못하는 관계, 에너지를 쏟고도 성장은커녕 기운만 빠지는 관계를 허락한 건 어리석은 일이었다.

며칠 전, 친한 언니가 3주 동안 미국과 멕시코로 여행을 다녀왔다고 해서 만났다. 미국에 가족이 있어서 보러 간 줄로만 알았는데, 친구 부부와 함께 다녀왔다고 한다.

언니와 그 친구는 직장에서 만나 30년 넘게 관계를 맺어오고 있다. 언니는 회사에 남았고, 친구는 중간에 회사를 그만두고 밑바닥에서부터 장사를 시작했다. 그리고 30년이 지난 지금, 50대 초반에 명예퇴직을 하고 혼자 사는 언니는 앞으로 무엇을 하며 살지 고민이 깊었다. 친구는 고생 끝에 10년 전 사업이 성공해서 지금은 건물까지 있는데, 언니가 진로에 대해 고민하자 자신이 했던 일을 함께하도록 알아봐 주고 있다고 한다. 며칠 후에 관련 업계 사람을 만나러 가는 자리에도 그 친구가 동행할 예정이란다. 이야기를 들으니 꽤 든든하겠다 싶어 "그런 친구가 있으니 얼마나 좋아요"라고 물었더니, 언니가 한마디 했다.

"그래서 내가 이번 여행 갔을 때 여기저기 좋은 데 데려가면서 얼마나 잘해줬는데. 세상에 공짜는 없어."

'기브 앤 테이크'라는 말이다. 맞다. 우정도 분명히 주고받는 게 있어야 한다. 그게 경청이든, 시간이든, 밥 한 끼나 커피 한 잔이든, 연락이든, 사소한 도움이거나 큰 도움이든, 좋은 기운이든. 그래야 오래간다.

계산적으로 굴라는 뜻이 아니다. 진짜 어려운 상황이거나 불행이 닥쳐서 도움이 필요한 경우에는 받을 것을 생각하지 말고 주되, 그 이외에는 내가 받고 싶으면 그만큼 대접하라는 황금률이 친구 관계에서도 영락없이 적용된다는 뜻이다. '친하니까' 소홀하거나 무례해서는 안 된다. '친하니까' 더욱 조심하고 배려해야 한다.

신뢰는 한 번에 만들어지지도 않지만, 한 번의 사건으로 깨지지도 않는다. 깨질 만한 사건이 여러 번 반복되었기 때문에 깨진다. 신뢰가 깨진 관계는 인생에서 빼버리는 게 낫다. 이어 가기 위해 애쓰는 마음을 멘탈 뱀파이어가 알아줄 리도 없고, 그 에너지를 서로 좋은 기운을 더하는 친구들을 사귀는 데 쓰는 편이 훨씬 유익하다. 관계에서 덧셈과 뺄셈만 잘해도 삶의 질은 달라지지 않을까. 오래 피 빨린 뒤에야 비로소 든 후회다.

생일에 받은 문자의 80퍼센트

요즘 들어서 많이 느끼는 감정이 있다. 바로 심심함이다. 종종 '정말 심심해 죽겠다'라는 생각이 든다. 사실 그럴 때마다 놀라는 게, 불과 얼마 전까지만 해도 심심하다는 느낌은 내 사전에 없었기 때문이다.

대부분 그렇듯이 나도 2,30대에는 주변에 늘 사람이 많았다. 내가 연락만 하면 만날 사람들이 있었고, 연휴나 생일에는 연예인처럼 스케줄을 짜서 만나기도 했다. 당연히 심심할 틈도 없었거니와 나름 내향적이어서 혼자 있는 시간도 편안하게 즐기며 에너지를 충전하곤 했다. 그러다 보니 소위 '혼자서 잘 지내는 사람이 함께도 잘 지낸다'라는 말을 잘 실행하는, 꽤 괜찮은 사람인 줄만 알았다.

그러나 마흔이라는 나이는 참 많은 변화를 가져온다. 그 변화는 주로 그동안 내가 알고 있었던 나, 관계, 쌓아온 것들, 당연하게 여긴 것들에 대한 균열을 통해 오는 경우가 많다. 그리고 전과는 다른 느낌으로 흔들린다.

심심함을 부쩍 많이 느끼는 요즘에도 그렇다. 자타 공인 '나 혼자 잘 산다'를 실현하는 사람이었던 내가, 점점 둑이 터지듯 밀려오는 심심함 앞에 속수무책일 때가 있다. 젊을 때처럼 촘촘하게 일할 수 없게 되면서 시간적 여유가 생기기도 했거니와, 나이가 들면서 여러 이유로 관계망이 좁아졌다는 것도 원인이지 않을까 싶다.

압권은 생일날이다. 생일날 아침 울리는 문자메시지를 반가운 마음에 확인해보면 첫 문장에서 김이 빠진다. "고객님, 회원님." 생일에 오는 문자의 80퍼센트가 이렇게 시작하는 축하 문자다. 대부분 치과, 내과, 회원 가입한 쇼핑몰 사이트에서 날아온 축하 메시지들.

축하 메시지를 보낸 사람들 중에 "오늘 뭐해?"라든가 "같이 저녁 먹을까?"라고 묻는 사람은 거의 없다. 그저 "좋은 사람과

행복한 시간 보내"라는 무심한 메시지가 다였다. 이쯤 되면 마음에 '섭섭이'가 들어앉는다.

'그 좋은 사람이 너이면 왜 안 되는 걸까?'

없어 보일까 봐 혹은 자존심 상해서 투정은 마음속으로만 할 뿐, 그저 다들 바쁘니 어쩔 수 없지, 하면서 서운함을 꿀꺽 삼켜버린다. 한편으로는 '내가 잘못 살았나?' 싶기도 하고, '더 나이 들어서 지금보다 더 많이 외로워지면 어떡하지?'라는 두려움이 느껴지기도 한다.

결혼한 친구, 아이 낳은 친구들은 가정이 우선이니 내가 심심하다고 아무 때나 연락할 수도 없는 처지. 나름의 배려와 지레짐작으로 오롯이 혼자일 수밖에 없을 때가 많아졌다.

그뿐만이 아니다. 언제부터였을까. 친했던 친구들이 결혼하더니 부부 동반으로 만나거나 여행 간 것을 뒤늦게 알게 되는 때가 있었다. 머리로는 싱글인 나에게 함께 가자고 청하기가 어려웠을 거라고 이해했다. 그래서 조금은 아쉬워도 당연하게 받아들였는데, 그런 당연함들이 이자처럼 쌓이면서 가끔은 '이게 최선입니까?'라고 누구에게든 묻고 싶어질 때가 있다.

생각해보면, 나도 어느 사이엔가 친구들의 생일을 챙기지 못했다. 가족들이 어련히 알아서 챙겨줄까 하는 생각이었다. 내 감정이 복잡할 땐 친구의 아이들이 따라붙는 게 불편해서 연락하지 않았고, 함께 놀러 가자고 하지도 않았다. 그들 쪽에서도 어쩔 수 없이, 또 나를 배려하는 마음에서 선을 그었을 수도 있지만, 내 쪽에서 지레 선을 긋기도 했다.

영원한 관계는 없고, 사람은 썰물처럼 흘러가는가 하면 밀물처럼 들어오기도 한다. 혼자서도 잘 지내고, 혼자 있는 시간도 좋아한다. 어쩔 수 없이 멀어지는 관계에 대해서는 어느 정도 초연하다. 때로는 내 쪽에서 먼저 상대방이 눈치채지 못하게 거리를 두며 관계를 정리하기도 한다. 덕분에 불필요한 관계로 스트레스를 받는 일이 확연히 줄었고, 쓸데없는 감정 소비도 줄었다. 그런데 그러다 보니 어느새 관계들이 손가락 사이로 빠져나가 버리고 느닷없이 찾아온 심심함은 어쩐지 조금 따끔하다.

내 주변에 있는 사람들을 더 챙겨야겠다고 마음먹은 요즘, 내가 전보다 부쩍 잘하게 된 말이 두 가지 있다. 고맙다는 말과 미안하다는 말. 마음을 써줄 때 고맙다는 인사를 꼭 하고, 잘못한 게 있으면 사과도 잽싸게 한다. 내 편에서 먼저 생일이나 기념일을 챙기기도 하고, 핸드폰을 사용하면서 끊었던 손편지와 카드도 보낸다. 내 나름의 성의 표현이다. 내 생일이면 말한다. 이번 내 생일 때 맛있는 거 먹으러 가자고. 내 쪽에서 먼저 그렇게 말했을 때, 싫다고 하는 사람은 없었다.

작년, 태풍 링링이 들이닥친 날이었다. 마침 그때 나를 제외한 식구들은 추석 연휴를 이용해 여행을 떠난 상황이었다. 태풍을 한두 번 겪은 것도 아니고, 태풍을 무서워할 나이도 아니었지만, 매스컴에서 하도 겁을 주니 좀 긴장이 되었다. 그날, 친한 후배 한 명이 집으로 놀러 오기로 했는데, 태풍이 온다고 해서 다음을 기약했다. 그런데 후배는 태풍도 오는데 혼자면 무섭지 않겠느냐면서 기어이 오겠다고 했다. 극구 말렸으나 긴 실랑이 끝에 결국 후배는 오기로 했다.

후배가 집 근처 전철역에 도착했다고 해서 마중을 나갔다. 그런데 둘이 지하철 계단을 올라오는 순간, 어마어마한 돌풍이 불더니 후배의 비싼 안경이 순식간에 날아가 버렸다. 그다지 여리여리하지 않은 우리 두 사람의 몸이 뒤로 확 밀려서 재난 영화의 한 장면처럼 둘이 손을 꼭 붙잡고 버텼다. 비는 몰아치지, 안경은 날아가지, 두 여자는 비를 맞으며 손을 잡고 있지. 우스꽝스러우면서 난해한 장면이었다.

천신만고 끝에 집으로 들어와 그제야 서로의 얼굴을 제대로 본 우리는, 배를 잡고 웃었다. 둘 다 막 출산한 여성의 모습과 흡사했다. 그날 밤, 바깥에는 태풍이 몰아쳤지만 우리는 새벽까지 맥주를 마시며 두런두런 수다를 떨었다. 태풍을 뚫고 달려와 준 그 마음은 아직까지 내 마음에 고마운 빚으로 남아 있다.

사실 후배는 우리 아버지가 돌아가셨을 때에도 장례식장을 지켰고, 장지까지 함께 가주었다. 내가 실제 태풍뿐만 아니라 인생의 태풍을 맞았을 때도 지체하지 않고 달려오는 사람이었다.

힘든 일을 겪을 때 나를 위해서 달려와 주는 사람이 가장 고맙다. 와서 쓸데없는 조언이나 판에 박힌 섣부른 위로를 건네기보다 그냥 "밥 먹자" 하면서 시시껄렁한 이야기를 나누었을 때, 김수영의 시처럼 "무엇인지 모르게 기쁘고 나의 가슴은 이유 없이 풍성"해졌다.

그 힘이 얼마나 큰지를 알기에 나도 내 관계망 안에 있는 사람들에게 언제든 달려갈 준비가 된 5분 대기조가 되려 노력 중이다. 사실 우리가 살 수 있는 건 이런 돌봄 덕분이지 않을까.

생일날 받은 "좋은 사람과 함께 즐거운 시간 보내"라는 문자에 '그 좋은 사람이 너이면 왜 안 되는 걸까?'라며 서운해했지만, 이미 답을 알고 있다. 심심하지 않은 비결, 좋은 관계를 오랫동안 이어가는 비결은 내가 먼저 '그 좋은 사람'이 되는 거라는 걸.

Must have list

출판 편집자로 일하다가 바리스타가 된 후배 A와 간만에 만나 수다를 풀었다. 나는 A가 잘 다니던 회사를 그만두는 게 의아했었다. 30대 초반에 직장에서 만나 서로를 오래 지켜봤기에, 나는 그가 편집자로서 지닌 능력을 너무나도 잘 알고 있었다. 그래서 당시 그의 퇴사를 말렸다.

"난 나한테 너무 야박했어요."

후배는 과거를 돌아보며 그때의 심정을 털어놨다.

"너무 힘들었어요. 완벽주의에다가 스스로를 너무 다그치니까 일에 대한 만족보다는 스트레스가 훨씬 심했죠. 주변 사람도 엄청 피곤하게 하는 타입이었어요. 열심히 일할수록 자괴감은 커지고 관계가 깨지는 악순환이 계속되니까 삶이 너무 피폐해지더라고요."

그렇다 하더라도 막상 사표를 쓴다는 건 쉽지 않은 일이다. 더군다나 마흔이라는 나이에는 제약이 더 많을 수밖에. 안정적인 직장을 박차고 나오기에는 먹고살아야 하는 현실 또한 무시할 수 없다.

A가 지칠 때로 지쳐 있던 그때, 아버지가 병으로 돌아가셨다. 어머니 혼자 사시는 게 걸려서 서울로 오시라 해봤지만, 어머니는 살던 터전을 떠나는 걸 어려워하셨다. 언니와 오빠는 가정이 있었다. A의 고민은 싱글인 자기가 광주로 내려갈까 하는 데까지 미쳤다. 어머니도 내심 그걸 바라는 눈치였다. 결국 그는 서울 생활을 정리했다.

"브레이크가 필요하지만 스스로 멈출 수 없을 때, 여러 상황들이 브레이크가 되어주었어요. 회사를 그만둘 때 사람들이 '그동안 쌓아놓은 게 아쉽지 않냐'고 물었는데 저는 하나도 안 아까웠어요. 제가 일에 탁월하다고 생각한 적이 한 번도 없었거든요. 그때 다들 그러더라고요. 저는 자신에 대해 너무 박하다고요."

광주에 내려간 A가 새롭게 도전한 일은 바리스타였다. 일 년간 준비해서 1급 자격증을 땄다. 편집자에서 바리스타라니. 뚱딴지같은 변신이었지만 사실 그는 커피 마니아였다.

그가 커피의 세계에 발을 들인 건 2004년의 일이었다. 당시 직장이 있던 홍대 근처에서 처음으로 로스터리 커피를 마셨고, 그 이후로 카페를 찾아다니며 로스터리 커피에 대해 알아갔다. 언젠가는 꼭 커피 관련 일을 하고 싶다는 꿈을 키우기 시작한 것도 그때였다. 그리고 드디어 때가 됐다고 판단한 것이다.

하지만 1급 바리스타 자격증을 땄다 해도 바로 카페를 열 수는 없었다. 그만한 돈도 없었거니와, 무엇보다 경험이 필요했기 때문이다. 40대가 카페 아르바이트생으로 채용되는 건 낙타가 바늘구멍으로 들어가는 것과 같은 확률이었지만, 다행히 A가 다니던 바리스타 학원에서 한 카페를 소개해줬다.

그 뒤로 그는 작은 카페를 좋은 조건에 인수해서 운영했다. 의욕적으로 시작했지만 계속 적자가 났다. 사람을 상대하는 것도 체력적으로 부대꼈고, 결국 경험 부족으로 일 년 만에 말아먹었다. 그 뒤로 다시 카페 매니저로 일했고, 지금 하고 있는 바리스타 강사가 자신에게 가장 맞는다는 걸 깨달았다.

결코 쉽지 않았던 지난 시간을 돌아보며, A는 무엇이 가장 아쉬운지 궁금했다.

"서툴고 느리고 실수해도 뭐 그다지 큰일이 일어나진 않더라고요. 그러니 나는 어때야 한다, 내 삶은 어떠해야만 한다는 '머스트 해브 리스트(must-have list)'를 줄이면 자기 인생에 훨씬 관대해질 수 있지 않을까 싶어요. 30대에는 그러지 못했거든요."

머스트 해브 리스트에 맞추는 삶은 결국 나를 위한 삶이 아니라 다른 사람의 기준에 맞춘 허깨비 같은 삶일 뿐이라고 그는 말했다. 사람들은 마흔 넘어 일을 그만두면 큰일이라도 날 것처럼 말뿐인 걱정 대잔치를 했지만, 그렇게 큰일은 일어나지 않았다. 또 마흔 중반이 되도록 결혼을 못 하면 인생 낙오자가 될 것처럼 야단을 떨었지만, 역시 아무 일도 일어나지 않았다. A에게도 나에게도.

30대에는 무언가를 이루지 않으면 안 될 것 같은, 다른 사람보다 너무 뒤처질 것 같은 조바심에 끊임없이 스스로를 채찍질했다. 자신에게 박해지고 머스트 해브 리스트는 늘어만 갔다.

생각해보면 머스트 해브 리스트란 남들처럼 사는 주류 인

생의 흐름에서 탈락하지 않는 조건이었다. 그 흐름에서 벗어나 보면 그제야 보이는 것들이 있다. 기혼이든 비혼이든, 청춘이든 중년이든, 혹은 노년이든, 중요한 건 자기가 선택해서 주어진 생을 살아가며 자신만의 길을 만드는 것 아닐까. 더 중요한 건 그가 어떤 형태로든 지금의 삶을 사랑하고 즐겁게 버티기로 했다는 점이다.

A의 건투를 빈다. 또한 나를 비롯해 자기의 생을 살아내고 있는 모든 이들의 건투도 빈다.

어정쩡한 마흔이 됐을 때

또래 동료들과 대화하다 보면 꼭 나오는 말이 있다. 지금 하는 일을 그만두면 무엇을 해야 할지 막막하다는 것. 그래서 무언가를 배우고 싶은데 그 무언가도 어디서부터 시작해야 할지 막막하다는 것. 자격증을 따기 위해 공부를 시작한 후배나 친구들은 이구동성으로 탄식하며 말한다.

"왜 좀 더 일찍 안 배웠을까?"

100세 시대를 앞두고 있지만, 사회적 퇴직 연령은 앞당겨진 현실. 길어진 노후에 무엇을 하며 먹고살아야 하는지는 모두의 고민거리다. 비혼인 나도 남은 생의 생계를 어떻게 꾸려갈

지, 만족스러운 삶의 질을 위해 무엇을 하면 좋을지 종종 생각하고, 그럴 때마다 배우지 않은 것에 대한 후회가 밀려온다.

클래식과 미술에 조예가 깊은 한 친구는 일주일에 한 번씩 관련 수업을 들으러 다녔다. 그게 몇 년이 되니 남들에게 알려줄 정도의 지식으로 쌓였고, 이제는 어떤 그림 앞에 서든 자동판매기처럼 설명이 술술 나온다. 그 친구와 함께 전시를 보러 가면 도슨트가 해설해주는 것보다 훨씬 더 재밌다. 그는 미술을 주제로 글을 연재하더니 이번에 그 글을 모아서 책을 출간했다. 일찌감치 친구의 재능을 알아본 출판사는 친구에게 클래식 책도 써보자고 미리 침을 발라두었다고 한다.

마흔이 넘어 늦게 피기 시작한 친구의 인생은 연일 상한가를 갱신 중이다. 그는 좋아하는 것을 꾸준히 배우면 어떻게 되는지 보여주는 본보기다.

나는 글 쓰는 게 좋았다. 좋아하는 일을 직업으로 얻어 운이 좋았다고 생각했는데, 꼭 그런 것만은 아니었다. 부끄러운 고백을 하나 하자면, 평생 글과 관련된 일을 하면서도 불과 몇 년 전까지 글쓰기를 배워본 적이 없다. 글쓰기가 너무 당연해서 배운다는 생각을 못 했고, 거만함도 있었다. 이래 봬도 글 쓰는 일을 하는 사람인데 하는.

그런 내가 글 쓰는 법을 배워야겠다고 생각하게 된 건, 역설적이게도 글을 가장 쓰기 싫을 때였다. 마흔 넘어 방송작가라는 새로운 일을 시작했을 때만 해도 내가 글을 제법 쓰는 사람인 줄 알았다.

근거 없는 착각은 시간이 지나면서 깨졌다. 나는 방송작가 생태계에서 생존하지 못했다. 도태된 원인을 '애매하고 부담스러운 나이 탓'으로 돌렸지만, 냉정하게 자평하자면 절반 정도는 내 얄팍한 재능의 밑천이 드러났기 때문이기도 하다.

부끄러움과 좌절감에 더 이상 글을 쓸 수 없었고, 쓰기도 싫었다. 마치 지긋지긋한 오랜 결혼 생활을 끝내듯 작가질과 이혼하겠다고 결심했다. 그런데 이상하게 끝내겠다는 마음을 먹고 나서야 비로소 한 번도 해보지 않은 질문이 나왔다.

'나는 왜 글쓰기를 배우지 않았을까?'

그렇게 글 쓰는 걸 좋아하고 잘 쓰고 싶어 했으면서. 또 이 일로 밥 벌어먹고 살고 싶으면서 말이다.

돌아보면, 20대에는 눈치 보며 어설프게 선배들을 따라 하며 살아남기 바빴다. 열정은 많았으나 서툴렀다. 그만큼 깨지는 일도 많았다. 30대에는 어느 정도 익숙해지고 단단해져서 여유가 있었음에도 불구하고 무언가에 도취되어 있었다. 일의 안정기였고, 재미도 있었으며, 성과가 드러나기도 했다. 이성 관계이든 일이든 생각해보면 기회와 가능성이 넘실댔다. 그래서 그다지 배움의 필요성을 느끼지 못했다. 그저 열심히 일하다 보면 자연스럽게 습득되는 익숙함을 기대했던 것 같다. 배움이 없는 성실함은 5퍼센트 부족했다.

어정쩡한 상태로 마흔을 맞았고, 글쓰기는 더 이상 좋아하지 않는데 해야만 하는 일이 되어 있었다. 게다가 잘 못해서 괴롭고, 자신이 없어서 두려웠다. 업무 외 시간에 따로 배우는 글쓰기는 일의 연장선이나 다름없다는 생각도 했던 것 같다. 열정과 호기심이 증발해버린 무미건조한 모습의 전형이었다. "그래도 괜찮아"라는 달콤한 말에 숨어버리면서.

그러다 처음으로 '왜 글쓰기를 배우지 않았을까'라는 질문 앞에 선 것이다. 어떤 글쓰기를 배워야 할지 고민하고 찾았다. 글이 지긋지긋해진 타이밍이었으니, 글을 쓰고 싶게 만드는 강좌를 찾았다. 마침 눈에 들어온 것이 은유 작가의 『글쓰기의 최전선』이었고, 그 책에 꽂혀서 강좌를 찾다가 만난 게 '감응의 글쓰기' 수업이었다.

20대부터 50대까지 다양한 연령층, 다양한 직업군, 다양한 삶의 층위를 갖고 있는 사람들을 만났다. 내가 살고 있는 세계의 협소한 틀을 한방에 부숴버릴 만큼의 다양한 이야기들이 강의실 공기를 꽉 채웠다. 엄청난 내공을 가진 글에 주눅이 들기도 했다. 무엇보다 수강생들이 책을 읽고 사유한 내용과 방향은 나를 부끄럽게 만들기도 했다. 더 떨어질 데가 없을 것 같았는데, 형편없는 내 실력은 또 한 번 나락으로 떨어졌다. 그런데 이상하게도 그게 자극이 됐다.

무엇보다 왜 써야 하는지, 무엇을 써야 하는지를 배웠다. 내가 도전하고 싶고, 알고 싶고, 배우고 싶은 게 명확해지니 쓰고 싶어졌다. 내 인생을 B.C.와 A.D.로 나누는 수업이었다.

무언가 배우기 시작하면서 징검다리를 건너는 듯한 기분을 자주 느낀다. 배운다는 것이 늘 즐겁고 재미있는 것만은 아니어도 그것이 지금의 나를 만들었고, 앞으로의 나를 만들어갈 걸 알기에 나는 지금도 배울 것들을 찾아 기웃거린다.

이 선을 밟을 것인가

내 인생에 있어서 가장 큰 지진을 일으킨 사람이 있다. 직장에서 만난 그와는 처음에는 데면데면했다. 그러다 업무적으로 도움을 받을 일들이 생기면서 자연스럽게 가까워졌다. 무엇 때문이라고 콕 집어서 말할 수는 없지만, 나도 모르는 사이에 그가 좋아졌다. 처음에는 그저 우정, 동료애로 시작했다. 업무적인 연락을 자주 나누다가 어느 순간부터 자연스럽게 개인적인 안부를 묻는 사이가 되어 있었다.

어느 토요일, 내가 그 친구를 생각하고 있다는 사실을 인지하지도 못한 채 그를 생각하고 있을 때, 마침 그에게서 문자가 왔다. 그의 문자를 보는 순간, 나도 모르게 가슴이 뛰기 시작했다. 별 내용이 없는 그저 일상의 안부였는데도 불구하고, 오랫동안 뛰지 않아서 멈춰버린 줄 알았던 가슴이 두근두근 살아난 것이다. 그때 처음으로 알았다. 내가 그 친구를 좋아하고 있다는 걸.

점점 그의 연락을 기다리고 있는 나를 발견했다. 나도 점점 일을 핑계 삼아 그에게 연락했고, 그를 만났다. 그와 가까워질수록 모든 세상이 달라 보였다. 마흔이라는 나이에 어떤 이성때문에 내 마음이 그만큼 달뜰 수 있다는 게 스스로도 신기할정도였다. 발을 땅에 디디지 않고 붕붕 떠다니는 것처럼. 행복으로 충만한 시간이었다.

그러나 마냥 행복할 수만은 없었다. 그를 향한 내 감정이진해질수록 고통도 함께 커졌다. 행복과 불행이 똑같은 크기로 공존했다. 그는 선을 넘어선 안 되는 사람, 즉 유부남이었기 때문이다.

세상에, 선 넘는 걸 죽어도 못하는 내가 유부남을 좋아하다니. 지금까지의 내 가치관과 성정으로는 있을 수 없는 일이었다. 그를 만나기 전, 임자 있는 사람을 넘보는 건 내가 가장 혐오하는 일이었다. 그런데 내가 가장 싫어하던 그 일을 바로

내가 저지르고 있었던 것이다. 내 마음속에서 엄청난 전쟁이 벌어졌다. 이미 브레이크가 잡히지 않는 감정과 그럴수록 저항하는 양심 사이에서 거의 혼이 나갈 지경이었다. 죄책감에 짓눌리면서도 멈출 수가 없었고, 가질 수 없다는 생각이 들어서인지 욕망은 누를수록 더 세게 튕겨 나왔다.

사실 처음에는 남사친으로 오래오래 보고 싶다는 생각에서 출발했다. 그러나 감정이라는 게 어디 그런가. 한 번 불이 붙은 감정은 제어할 틈도 없이 그 생각을 넘어서 버렸다.

그러나 결론은 이미 알고 있었다. 내가 행복하자고, 누군가의 마음에 씻을 수 없는 상처를 준다는 건 분명 나에게도 동일한 상처를 입힌다는 것. 그와 내가 돌이킬 수 없는 관계가 된 이후에 벌어질 일들에 대해 감당할 자신이 없었다. 아마 나는 죄책감에 압사당할 게 뻔했다. 끝이 너무나 뻔하게 보였기 때문에 더 갈 수가 없었다. 나는 있는 힘을 다해 브레이크를 잡고 그와의 인연을 정리했다.

선 넘는 일을 잘 못하는 난 그때도 선을 넘지 못했다. 선 지키는 것에 엄격한 스스로가 답답하다고 느낀 적도 많았지만, 지금에 와서 생각하면 그때만은 선을 지키길 잘했다. 물론 그때는 아프고, 다시 누군가로 인해 심장이 뛰는 일이 일어나지 않을지도 모른다는 생각에 슬프기도 했다. 그러나 감정이라는 건 영원하지 않고, 건강한 관계를 유지할 수 없다면, 특히 각자의 존재가 서로의 일상에서 떳떳할 수 없다면, 그런 관계는 모두에게 파괴적이란 건 자명한 사실이었다. 또한 다시는 오지 않을 것 같은 사랑은 또 오기도 했다.

그때의 열병 같은 감정이 선명하게 남긴 게 있다. 바로 균열. 열병은 지금까지 내가 두 발을 디디며 살아온 모든 기반을 뒤흔들었다. 지금까지 굳건하다 여긴 내 세계에 가장 강력한 균열을 일으킨 셈이다. 그전에 겪은 일들과는 완전히 다른 결의 균열이었다.

그 이후로 세상을 보는 눈이 달라졌다. 내 기준이 지극히 상식적이라는 확신 아래 그 기준에서 어긋나면 무조건 옳고 그름의 잣대를 들이대곤 했는데, 그게 얼마나 오만이었는지 깨달은 것이다.

그 이후로 변한 게 있다. 내가 겪어보지 않은 일에 대해 함부로 말하지 않는 것, 그리고 내가 손가락질하는 그 사람이 바로 내가 될 수도 있고, 내가 손가락질하는 그 일을 나도 저지를 수 있다는 사실을 늘 기억하는 것.

불륜을 옹호하는 건 아니다. 다만, 세상에는 불륜이냐 아니냐로 판단하기에는 복잡다단한 서사와 배경이 있으니 제삼자가 함부로 판단해서는 안 되는 일도 있다는 것. 또 "나는 절대 그런 짓 안 한다", "나는 절대 그런 사람 아니다"라고 함부로 호언장담해서는 안 된다는 것이다.

그 경험은 아프고 위험하긴 했으나 많은 것을 자라게 했다. 그는 잊었지만, 그를 좋아한 시간은 나에게 분명 약이었다. 아픈 만큼 덕분에 내 세계는 균열을 일으켰고, 균열이 나와 다른 사람들, 보이는 것 이면을 이해하는 데 도움을 준 것만은 분명하기 때문이다. 그런 의미에서 균열은 위험하지만 유익하다.

내 하루를 망치지 않도록

동유럽 여행을 갔을 때다. 여행 4일 차 아침 부다페스트에서 어부의 요새를 가기 위해 지도 한 장을 들고 나섰다가 길을 잃어버렸다. 분명히 목적지가 저 위에 보이긴 하는데 아무리 걸어도 좀처럼 닿지 않았다. 한 시간쯤을 헤매다 다리가 아파서 길에 있던 벤치에 털썩 앉았다.

한 숨 쉬고 있노라니 그제야 주변이 눈에 들어왔다. 길을 찾느라 보이지 않았던 그 거리는 그림처럼 아름다웠다. 아기자기하면서도 깨끗하고 예쁜 골목들과 동화 속에 나올 것만 같은 집들이 비현실적이라고 느껴질 만큼 펼쳐져 있었다.

내가 목적지만 봤더라면, 길을 잃었다는 것에 속상해하기만 했더라면, 눈에 들어오지 않았을 풍경이었다. 그제야 난 길을 잃지 않고 목적지에 이르는 것이 좋은 일만은 아닐 수 있음을 깨달았다. 그래서 누군가 그랬나 보다. 길은 잃어야 제맛이라고. 그다음부터는 조금 헤매도 느긋하게 여유를 부릴 수 있었다.

며칠 뒤, 빈에 도착했다. 여행이 보름을 넘어가니 시차도 완벽하게 적응되고 긴장감도 사라져서 온전한 여행자 모드가되었다. 그런데 이틀째 되던 날, 어이없는 일이 일어났다. 일정을 마치고 한인 민박에 들어갔는데 내 방 앞에 내 캐리어가떡하니 나와 있는 것 아닌가.

깜짝 놀라서 방문을 열었다가 기겁했다. 러닝셔츠 차림의아저씨들 몇 명과 아줌마들이 화투판을 벌이고 있었다. 옆에는 소주병이 즐비하고. 도무지 이 상황이 뭔지 모르겠는데 한아저씨가 나한테 소리를 쳤다.

"아줌마! 왜 문을 벌컥벌컥 열고 그래요?"

적반하장도 유분수지. 게다가 다짜고짜 '아줌마'라니! 불쾌하고 화가 나서 "여기 제가 묵었던 방이에요" 했더니 그제야한풀 꺾이면서 하는 말이 가관이었다.

"이 방 오늘부터 우리가 써요. 주인이 다른 데 숙소 정했다니까 가서 물어봐요."

외출할 때 열어놓은 내 가방에 함부로 손댄 것도 기분이 나빴고, 한마디 양해도 없이 이런 식으로 숙소를 옮기는 것도 기가 막혔다. 속에서 천불이 났지만 심호흡을 하고 주인 아주머니를 찾아갔다.

"너무 미안해요. 원래 저 친구들이 내일모레 오기로 했는데 오늘 다짜고짜 쳐들어왔지 뭐예요. 다른 데서 묵으라고 해도 막무가내여서 어쩔 수 없이 그렇게 됐어요. 내가 이 근처 깨끗한 방 잡아줄 테니까 거기서 묵어요."

나 외에 다른 몇 명도 똑같은 신세였다. 코에서 뜨거운 김이 나왔다. 순간, 이런 일을 어디에 신고해야 분이 풀릴까, 어떻게 본때를 보여줘야 속이 시원할까, 오만가지 생각과 독한 말들이 머릿속에서 3차 대전을 치렀다. 그러나 이럴 때일수록 필요한 건 냉정함. 그리고 침착함.

'화를 내면서 따지고 나면?'

나에게 아무 득이 없었다. 무엇보다 난 얼마 남지 않은 여행을 망치고 싶지 않았다. 이 아주머니의 기가 막힌 행동에 화는 나지만, 내가 지금 화를 낸다고 원상 복구가 될 리도 없고 잃을 게 더 많았다.

'예상치 못한 일을 만나는 것, 그게 여행 아닌가.'

기분은 나쁘지만 여행이기 때문에 생길 수 있는 일이라고, 이 아줌마 때문에 내 즐거운 여행을 망치지 말자고 생각을 다독이고 나니 마음속에 일어난 산불이 조금씩 진화되었다. 덕분에 아주머니에게 점잖게 컴플레인을 할 수 있었다.

그날 밤 아주머니는 밑도 끝도 없이 혹시 잘츠부르크에 갈 계획이 있다면 기차표를 싸게 예매해주겠단다. 마침 일정에 있어서 솔깃해하자 아주머니는 현지인들만 이용하는 사이트를 통해 싼 기차표를 예매해주었다. 예산보다 50퍼센트나 싼 금액이었다. 그리고 그 열차는 내가 동유럽에서 탄 가장 쾌적하고 좋은 컨디션의 열차였다.

잘츠부르크로 가는 길에 '내가 아주머니에게 화를 내고 그냥 나와버렸다면 어떻게 됐을까?' 생각해봤다. 그날 밤 당장 숙소를 구하는 것도 난감했을 테고, 그러면 아마 더 화가 났을 게 분명하다. 머릿속으로 그 아주머니를 혼내줄 만한 다양한 옵션을 생각하며 부글부글한 채로 아까운 시간을 낭비했을지도 모른다. 여행을 망치기 싫어서 바꾼 생각 덕분에 난 아주 즐겁게 잘츠부르크 여행을 할 수 있었다.

그때 이후로 나는 예상치 못한 장애물을 만나 화가 나더라도, 길을 잃었을 때 뜻밖에 아름다운 풍경을 만났듯이, 삶도 마찬가지일 거라고 다독인다. 난감하거나 화나는 일이 내 하루를 망치지 않도록, 나한테 별로 소중하지도 중요하지도 않은 사람이 내 삶을 엉망으로 만들지 않도록 말이다.

질투의 괴로움과 이득

마음먹은 대로 이루어지는 사람이 있다. 나는 아무리 애를 써도 될까 말까인데, 아니 정확하게 말하면 안 될 때가 많은데, 나한테는 그토록 어려운 일들이 누군가에게는 쉽게 이루어질 때가 있다.

일 년 전이었다. 틈틈이 강의를 하는 지인 작가 A가 책을 한 권 출간했다는 소식을 들었다. 그와 만나서 책에 대한 이야기를 들을 때 솔직히 말하면 그다지 흥미를 느끼지 못했다. 그러나 A는 자신이 있어 보였다. 출간 전부터 자신의 책에 맞는 커리어를 착실하게 쌓았다.

그러면서 A는 그 책이 잘되었을 경우, 그다음 스텝까지 이미 계획을 짜놓고 있었다. "잘됐으면 좋겠어요" 하면서도 속으로는 '글쎄?' 했다. 그런데 막상 뚜껑이 열리자, A의 책은 세상의 주목을 받았고 판매지수는 수직 상승했다. 그리고 A가 계획하고 원하던 대로 착착 진행되기 시작했다. 솔직히 말하면, 놀랐다.

그 후 한 모임에서 A를 만났다. A가 그토록 서길 원했던 유명한 강의 채널에서 연락이 왔다고 했다. 다음에는 지상파 방송 출연이 목표라고 했다. 모임을 마치고 돌아오는 길, 왠지 속이 시끄러웠다.

왜 내 마음은 불편한 건가? 의문이 생겼다. 내 마음이 불편하다는 것은, 결국 A의 문제가 아닌 내 문제였다. 곰곰이 생각해봤다. 난 A의 야망 가득한 목표가 불편했다. 그렇다면 A의 목표가 왜 나를 불편하게 했을까?

그 질문 앞에서 난 A가 아닌 내 마음을 정직하게 들여다봐야만 했다. 답은 어렵지 않게 나왔다. 시기, 질투. 더 나아가 나는 아무리 기대하고 애를 써도 안 되는 일이 A는 뜻한 대로 쉽게 이루어진 것에 대한 박탈감. 나는 내 삶을 쥐어짜서 글을 쓰는데, 쉽게 쓴 (것처럼 보이는) 글이 더 사람들에게 박수

받는 것에 대한 열등감.

사람은 자신이 닿을 수 없는 곳에 있는 넘사벽 성공은 시기하지 않는다. 너무 먼 곳에 있기 때문이다. 하지만 잘만 뻗으면 잡을 것 같은 곳에 있는 행복이나 성공에는 예민해진다. 나도 그랬다. 나와 크게 다를 바 없는 A가 내가 잡고 싶어 하던 것을 잡자 내 마음속에서는 신데렐라 언니 같은 심술이 요란하게 요동쳤다.

나도 A와 다를 바 없는 욕망이 있었다. 책을 내면 뭔가 다른 길이 열려서 지금보다는 일할 필드가 넓어지고 돈도 벌었으면 하는 바람. 임도 보고 뽕도 따고 싶었달까. 나도 비슷한 욕망을 갖고 있으면서 아닌 척, 다른 척, 좀 더 고매한 다른 수준인 척 그렇게 나를 포장하고 있었다. 우리 둘 다 포장을 했지만 결과는 확연히 달랐다.

생각해보면, A가 쉽게 얻었다는 것, 뜻한 대로 다 술술 이루어진다는 것도 순전히 내 시각에서의 해석이었다. A는 자기가 갖고 있는 것을 바탕으로 최선을 다했다. 그러면서 자신이 써야 할 글을 썼고, 연재하고 출간할 기회를 얻었다. A가 쉽게 얻었다고 보는 것은 A의 노력을 폄하하고 싶었던 나의 심술 어린 시각일 뿐이었다. 한마디로 배가 아팠던 것이다.

A는 지금 자신이 하고 싶은 일을 하고 있고, 좋은 일도 꾸준히 하고 있다. 찾는 사람이 많아지자 A의 행동반경은 넓어지고 그만큼 기회도 다양해졌으며, 다른 누군가를 위해 할 수 있는 일도 많아졌다. 인정할 수밖에 없는 성취다.

물론 사람마다 가진 재주가 다르고, 성향이 다르고, 가고자 하는 방향이 다르며, 자신이 목표한 곳에 이르기까지의 과정도 다르다. 그래서 이제는 A의 성공을 편하게 인정하지만, 그렇다고 해서 내가 A같이 살 수는 없다. 그 방법은 나에게 맞지 않을뿐더러 나다운 것도 아니기 때문이다.

또 욕망을 좀 드러내면 어떤가. A의 욕망이 자기 자신뿐만 아니라 다른 이의 삶도 돕는 것이기에 더더욱 그렇다. 나처럼 욕망은 숨긴 채, 그저 좋은 글은 알아봐 줄 거라는 순진한 믿음에만 기대고 있던 것보다는 몇 뼘 낫다.

배앓이를 하고 나서 A에게 메일을 보냈다. 축하한다는 말과 함께 솔직히 부러워서 질투했노라고. A는 성공한 사람다운 너그러움으로 금세 문자를 보냈다.

"뭐든지 하나를 얻으면 치러야 할 대가가 있는 것 같아요. 그래도 진심은 언젠가 통한다는 걸 믿어요. 소영 쌤처럼요."

나도 좀 스스로에게 솔직해져야겠다는 생각이 들었다. 어쩌면 그동안 나보다 잘하는 사람들을 마냥 부러워하면서 '나는 그냥 이 정도야'라고 스스로를 주저앉힌 건 못난 일이었다.

마침 얼마 전, 『혼자 살면 어때요? 좋으면 그만이지』와 관련해 인터파크 공원생활에서 유튜브 영상을 찍었다. 비혼에 대한 관심이 많아져서인지 반응이 예상한 것보다 훨씬 좋았다. 영상을 만든 곳에서 후속 영상을 찍자고 해서 갔더니 PD가 말했다.

"작가님 목소리가 좋다고, DJ 해도 좋겠다는 댓글이 많았어요."

"그러게요. 저도 들어보니까 꽤 괜찮더라고요."

겸손은 저리 가라, 속으로 생각했다.

'그러게, DJ 하면 재밌겠다.'

"출간 예정인 책에 대해서도 한 말씀 해주세요."

"저 욕망 있는 여자라 책이 무조건 많이 팔렸으면 좋겠어요."

점잖음과 교양머리는 안드로메다로. 순간, 머릿속에서 전구 하나가 켜졌다.

'작가 DJ 해볼 만하겠다. 이건 내가 잘할 수 있겠는데!'

지금의 내 필드 안에서 내 목소리와 언어가 필요한 사람들에게 위로와 공감을 줄 수 있다면 좋겠다는 생각이 들자, 마음에 기운이 났다. 그리고 팟캐스트와 유튜브 공부를 '이제야' '비로소' 시작했다.

시기와 질투는 분명 나를 쑤시고 괴롭힌다. 하지만 도망가지 않고 직면했을 때는 나를 움직이는 동력이 된다. 좀 헤매도 괜찮다. 아무것도 안 하고 질투만 하는 것보다는 나를 좀 더 나은 곳으로 데려다줄 테니까.

그 PD와의 관계가 남긴 것들

스파르타식으로 나를 교육하던 호랑이 PD와 일할 때였다. 그때까지 살면서 욕을 먹은 것보다 그 PD와 일한 6개월 동안 더 많은 욕을 먹었다. 한 번은 원고를 거의 던지다시피 해서 책상 밑으로 흩뿌려진 적이 있는데, 원고를 주섬주섬 주우며 '아, 드라마로만 보던 장면인데' 했던 기억이 난다.

그런데 이상하게도 그 PD가 밉지 않았다. 생각해보면, 그 PD는 팩트만 갖고 공격했다. 업무 면에서 내가 부족하거나 마음에 안 드는 부분에 대해서만 건드렸을 뿐, 일부러 괴롭히기 위해 인신공격을 하거나 업무 외적인 부분까지 감정적으로 건드리지 않았다. 자신이 실수했다고 생각하면 진심으로 사과했고, 내 결정적 실수에 대해서도 치사하게 물고 늘어지지 않았다.

월화수목금금금으로 일하던 어느 날, 엄마가 아프셔서 내가 병원에 모시고 가기로 한 날이었다. 그날 녹음 일정은 10시에 시작해 11시에 끝나는 것이었기에 1시까지 집으로 가겠다고 하고 2시로 병원 예약을 해둔 상황이었다.

그런데 10시에 시작된 녹음은 PD와 출연자 간의 사담으로 점점 늦어졌다. 사실 엄밀히 이야기하면, 출연자의 긴장을 풀어주기 위한 PD의 배려였으나, 가야 할 시간이 정해진 나로서는 점점 초조해졌다. 사담이 30분을 넘어서자 슬슬 짜증이 났다. 그때 마침 동료 작가가 연락을 했다.

"언니, 오늘 일찍 가야 한다고 했죠? 녹음 끝났어요?"

카톡을 보자마자 꾹꾹 눌려 있던 짜증이 폭발해서 분노의 카톡을 보냈다.

"부장님하고 출연자하고 아직까지 수다 중이야. 왜 저러신다니 매번. 짜증나. 빨리 가야 하는데 정말 너무하네."

그런데 그 순간, 보낸 카톡 메시지 앞에 숫자 '2'가 눈에 들어왔다. 후배와 카톡이므로 분명 '1'이어야 하는데. 심장이 쿵

121

하고 내려앉았다. PD, 진행자와의 단체 카톡방에 잘못 보낸 것이다.

갑자기 정수리에서 전기가 흐르더니 온몸에서 소름이 돋았고, 체온이 급하강하면서 손이 얼음장처럼 차가워졌다. PD와 진행자는 아무것도 모른 채 녹음을 시작한 상황이었다.

그때, 난 이성을 상실했다. 바로 자리에서 일어나 PD 옆에 놓인 핸드폰을 잡았다. 그때 놀란 PD의 표정은 지금도 생생하다. 벌벌 떨리는 손으로 서둘러 지우려고 하는데 이런, 패턴이 걸려 있었다. 더 이상 어떻게 할 수 없는 현실을 인정하고 이실직고를 했다.

"제가 메시지를 잘못 보냈는데 PD님이 보시면 안 되는 거예요."

눈치 빠른 PD는 "내 욕했구나" 하면서 패턴을 그리더니 메시지를 확인했다. 아, 정말 그 자리에서 사라질 수만 있다면, 아니 그 카톡을 보내기 전으로 돌아갈 수만 있다면 영혼이라도 팔고 싶었다.

일단 녹음을 마치자는 PD의 말에 나는 자리에 앉았지만 아무것도 귀에 들어오지 않았다. PD는 중간에 나보고 빨리 가야 하면 가도 된다고 했다. 그 상태로 가는 게 찝찝하긴 했지만 엄마와의 약속도 있고 해서 일단 자리를 떴다.

오는 길에 얼마나 많은 메시지 문구를 작성했다 지웠는지 모른다. 정직하게 말하고 진심으로 사과하는 길밖에 없었기에 신중을 기해서 메시지를 보냈다. 그리고 몇 시간이 지난 뒤 답신이 왔다. 좀 놀라긴 했지만 괜찮다고. 다만 그런 사정이 있을 때는 먼저 이야기를 해달라고. 자신이 그런 상황을 이해 못 하는 사람은 아니라고. 그리고 그는 그 사건에 대해 다시는 이야기하지 않았다.

생각해보면, 그의 진심을 믿으면서도 나는 늘 도망갈 준비를 했다. 매일 당하는 구박 루틴에 무뎌지지 못한 탓도 있지만, 무엇보다 내 표현에 솔직하지 못했다. 난 그저 무섭고 어려워서 무작정 당하는 피해자가 되었다. 그 PD의 소통 방식이 독특하기는 해도 자기 말만 하는 사람도 아니고 잘 듣는 사람인데 난 왜 침묵했을까. 너무하거나 억울한 부분에 대해서는 충분히 설명해도 됐을 텐데 난 왜 그러지 못했을까. 그곳을 떠나면서 나는 여러 번 그 PD와의 관계를 복기했다.

어쩌면 나는 관계가 불편해지거나 불이익을 당할지도 모른다는 생각에 솔직하지 못했던 건 아니었을까. 내가 살아남기 위해서는 수긍하고 받아들이는 게 가장 안전한 길이라 여겼고, 나이 든 중고 신인이 시건방을 떨기보다 겸손한 모습을 보이는 게 마땅한 태도 같았다. 비굴하게 감지덕지했달까. 그러면 다 될 줄 알았다. 그러나 문제는 내 그릇이 모든 걸 참아 넘기며 '이래도 허허, 저래도 허허' 할 만큼 넓지 못하고 넉살도 없었다는 점이다.

한 번은 그 PD가 나에게 머리가 안 돌아간다고 한 적이 있다. 그 표현이 너무 굴욕적이었던 데다가 그동안 당한 게 쌓여 그 한마디에 폭발해버렸다. 솔직하게 내 의견과 감정을 말한다는 게 서러움에 복받쳐 그런 모욕적인 말은 처음 듣는다, 이건 인신공격이다, 하면서 울먹임과 버럭의 찌질한 콜라보가 연출됐다. 나의 갑작스러운 폭발에 PD는 움찔하더니 그날 처음으로 나에게 사과를 했다.

"그래. 나는 남들보다 반걸음 빠른 사람이고, 너는 반걸음 느린 사람인데 이런 우리가 만났으니 서로 힘들지."

나는 그 말이 그 어느 때보다 위로가 되고 좋았다. 그럼에도 불구하고 창피했다. 나로서는 참고 참다 나온 항변이었고 틀린 말도 아니었으나 지렁이도 밟으면 꿈틀한다는 걸 보여주었다기엔 너무 감정적이어서 밤새 "아놔" 하면서 이불킥을 했다.

가끔 방송국 동기들로부터 그 PD의 소식을 들을 때마다 야릇한 마음이 든다. 싫으면서도 좋고, 아프면서도 고맙다. 그 PD와의 관계 덕분에 확실하게 얻은 것 한 가지가 있다. 나를 객관적으로 보게 되었다는 것. 그 일 이후로 나는 내가 좋은 것과 싫은 것에 대해, 수용하고 거부할 것에 대해 감정을 빼고 말하기 위해 애쓰게 되었고, 내 표현을 예전보다는 어렵지 않게 하고 있다. 고마운 일이다.

신인이 되는 자리

"저 사람은 어떻게 저 일을 다 해내지? 그것도 정성스럽게."

볼 때마다 감탄하게 되는 사람이 있다. 한 단체의 대표인 그녀는 회사에 다니면서 자유기고가로 칼럼도 쓰고, 의미 있는 집회나 세미나에도 참석하며, 가끔 강의도 한다. 바쁜 와중에 지인들과 독서 모임도 하는 눈치다. 잘 모르면 배우는 수고를 아끼지 않는다. 물론 이 많은 일을 해내느라 본인은 좀 허덕거리고 내가 가늠치 못하는 고민과 어려움이 있겠지만, 제삼자로서 이야기하자면 "감탄한다."

단순히 많은 활동을 해서가 아니다. 자신에게 주어진 상황과 낯선 것에 대한 도전, 잘 모르거나 이상한 것에 대해 던지는 집요한 사유와 질문, 일상의 사소한 순간에 대한 다정한 응시, 필요하고 유익한 것을 다른 사람들과 함께 나누는 정성, 고된 일상 속에서도 잃지 않는 유머, 그녀가 만들어내는 일상의 시간과 일상을 대하는 태도 때문이다. 밀도 높은 시간을 보내는 만큼 존재는 단단해진다. 나보다 7살 어린 그녀를 내가 존경하는 이유다.

그녀는 모르겠지만 그녀 덕분에 나는 두 번의 글쓰기 수업을 들었다. 그녀가 참여하고 소개하는 수업이라면 믿을 수 있겠다 싶었다. 그리고 그 두 수업은 내 인생에 지진을 일으켰다.

첫 번째는 독서 토론을 겸한 글쓰기 수업이었다. 선생님이 일방적으로 지식을 전달하는 강의가 아니라 책을 읽고 토론하고, 각자 써온 글에 대해 합평을 하는 수업이었다. 독서 토론 같은 것을 해본 적이 없어서 사실 좀 부담이 되었고, 뭔가 있어 보이고 싶은데 그렇지 못한 내 본전이 드러날까 봐 두려웠다.

첫 수업 시간, 그 수업이 아니면 아마 평생 보지 않았을 책들이 과제로 주어졌다. 『여공문학』, 『일하지 않을 권리』, 『노년은 아름다워』, 『아픈 몸을 살다』 등 처음 읽어보는 난해한 책들. 더 난해한 건 그 책을 읽으면서 아무 생각이 없다는 사실이었다. 한 번도 생각해보지 않은 무심함과 무관심이 낳은 무지였다.

또한 그곳에서 나는 처음 보는 사람들을 만났다. 동성을 좋아하는 친구, 양심적 병역 거부를 하고 옥살이를 하고 나온 친구 등 그동안 만난 사람들과는 다른 세상에 있는 사람들이었다. 바로 옆자리에서 그들이 사회의 편견으로 인해 겪는 불편함과 함께 선한 소시민으로서 사는 평범한 일상을 들으며 부끄러웠다. 뉴스나 기사에서 다뤄지는 짤막한 정보만으로 함부로 판단했던 모습이 떠올랐기 때문이다.

그녀가 흘린 정보로 시사 칼럼을 쓰는 수업도 들었다. 얄팍한 시사 상식에, 한 번도 시사 칼럼이란 걸 써본 적이 없어서 매주 장벽을 넘는 기분이었다. 장벽 넘는 과정에 좌절은 필수다.

글을 쓰다가 맥락을 놓치고 헤맬 때면 내가 고작 이 정도밖에 안 되나 싶어서 자괴감의 늪에 빠져 허우적거리곤 했다. 매주 '이번 주는 빠질까' 하는 유혹과 '뻔뻔하게 넘어서자'는 의지 사이에서 자아분열을 얼마나 많이 했던지.

그래도 그 수업 시간을 기다린 이유는, '다른' 의견을 들을 수 있어서였다. 한 가지 이슈에 관해 쓴 글이 모두 다르고, 관점도 다르다. 한 이슈는 개인이 처한 환경이나 경험에 따라 매우 다르게 해석되고 통찰된다.

내가 쓴 글에 대한 합평도 다 다르다. 부정적 평을 들을 땐 등이 선득거리지만, 깨지지 않으려면 이 수업에 올 필요가 없었다. 내가 일부러 '좌절'이라는 지뢰가 많은 자리로 나를 던지기로 결정했으니 그 결정에 책임을 다하는 수밖에.

그리고 이제는 안다. 매번 자존심 상하고 좌절하고 소심해지는 이 고개를 넘으면 한 발자국 정도는 나아가 있을 거라는 걸. 나보다 어리지만 이미 이런 과정을 거치면서 훨씬 밀도 있게 사는 친구의 뒤를 좇으며 얻은 용기다.

내가 좀 더 일찍 이런 시간을 만들지 않았다는 건 아쉬운 일이다. 무언가 일을 벌이려면 많이 알아야 할 것 같고, 그러려면 준비를 해야 할 것 같아 부담(이라고 쓰고 게으름이라고 읽는다)이 되었다. 굳이 그런 수고를 하고 싶지 않아서 대충 내가 익숙한 시간에만 머물렀다. 사람도 그렇다. 굳이 나와 다른 사람들 속에 가지 않았다. 많이 만날 필요는 없다 해도 다양하게 만나지 않은 것은 후회스럽다.

〈대화의 희열〉이라는 프로그램에서 모델 한혜진 씨가 모델로 정점을 찍을 때 해외 진출을 했던 사연에 대해 이렇게 이야기했다.

해외는 100퍼센트 대표님 때문에 간 거예요. 전 너무 가기 싫어서 도망 다녔어요. 왜냐하면 전 되게 안주하는 스타일이거든요. 7년을 한 일을 했으니 이미 저는 한국에서 베테랑이잖아요. 일도 되게 많았어요. 이미 너무 배가 부른데 가난해지라는 거예요, 갑자기. 누가 그러고 싶겠어요. 지구 반대편 아무도 없는 데서, 말도 안 통하는 데서 처음부터 다시 신인으로 시작하라고 해서 몇 달을 버티고 있었거든요. 외국 활동 안 하겠다고. 그러다 나가게 됐어요.

결국 그녀는 갔고, 덕분에 패션계 거장 칼 라거펠트 쇼에 서며 모델로 경험할 수 있는 모든 것을 누렸다. 아쉬운 게 없어도 신인의 자리로 갈 수 있는 프로만이 이루는 탁월함이었다.
　나도 신인의 마음으로 열심히 한 적이 있다. 하지만 그건 생존하기 위한 필승의 자세였지, 배부른 데도 가난한 자리로 간 건 아니었다.

꼭 물리적으로 지구 반대편에 있는 해외만 낯선 곳이 아니다. 내게 익숙하지 않은 모임, 만남, 관계는 모두 해외만큼이나 멀고 낯선 곳이다. 그러고 보면 나에게 있어서 글쓰기 모임은 지구 반대편 아무도 없는 곳에서 신인이 되는 자리인 셈이었다.

어떤 관계를 맺느냐는 어떤 시간을 보내느냐와 연결된다. 타인과의 관계는 물론 나 자신과의 관계도 포함된다. 사람마다 자신이 가장 좋아할 시간을 만들어내는 방법이나 내용은 다를 수 있다. 여기에도 정답은 없다.

누구에게나 똑같이 주어지는 백지 수표 같은 시간. 누군가와 함께, 혹은 나 혼자 좋은 시간을 만들어내려 한다. 기왕이면 독서 모임 같은 사소한 일부터 좀 벌여봐야겠다. 지금 내 수준에서는 그 정도가 지구 반대편이다. '고작'이지만 누가 아나. 이 고작이 쌓이다 보면 때늦은 전성기가 올지.

꾸준히 그리고 천천히

"늙은이들 나오는 영화 뭐가 볼 거 있다고?"

며칠 전, 내가 엄마에게 〈인생 후르츠〉를 보러 가겠냐며 대략의 설명을 했더니 엄마가 한 말이다. 하긴, 액션 영화를 좋아하는 우리 엄마에게 잔잔하다 못해 하품이 나올지도 모를 일본 다큐멘터리 영화라니. 물은 내가 바보구나 싶었다.

다음 날, 나가려는데 엄마가 어딜 가냐고 묻는다. 노인들 나오는 영화를 보러 간다고 하자 심심하셨던지 당신도 보시겠다며 옷을 챙기신다. '설마 주무시는 건 아니겠지' 하는 우려와 함께 영화관으로 향했다.

영화가 시작되고 한 10분쯤 지났을까. 우려가 현실로 나타났다. 어디선가 낮게 드르렁 소리가 나서 주위를 보니 범인은 엄마였다. 하지만 딱 그때뿐. 가끔 곁눈질로 보니 끝까지 집중해서 보신다. 그냥 참고 보신 거 아닌가 싶었는데, 영화를 보고 나서 엄마는 한참 동안 수다를 떨었다. '나이 들수록 몸을 많이 움직이는 것이 좋다', '귀찮더라도 어느 정도는 좋은 재료로 반찬을 해 먹어야 한다' 등. 그리고 엄마는 깔끔하게 마무리 평을 했다.

"내가 요즘 봤던 영화 중에 최고로 좋다."

〈인생 후르츠〉는 90세 건축가 슈이치 할아버지와 못 하는 게 없는 87세 히데코 할머니의 특별하지 않은 듯 특별한 이야기다. 1970년 고조지 뉴타운 지역에 자리 잡은 두 사람은 300평의 땅을 매입해 집을 짓고, 개발로 밀어버린 산을 다시 되돌리기 위한 테마에 집중한다. 작은 숲을 가꾸어 새롭고 푸른 저장소를 만드는 것인데, 이는 언뜻 보면 불가능한 일처럼 보인다. 그러나 부부는 한 사람 한 사람이 이런 일을 감당한다면 언젠가는 가능하다고 생각하며 50년 동안 이를 실천한다. 이유는 간단하다. 다음 세대에게 남겨줄 것은 돈이 아니라 무엇이든 키울 수 있는 좋은 흙이라는 신념 때문. 부부는 집에서 직접 과일과 채소를 가꾸며 이웃과 나눌 뿐만 아니라, 새들을 위한 옹달샘도 만들고 마을 주민들과 함께 숲을 가꾼다. 실제 민둥산이었던 산은 현재 도토리나무로 무성하다.

할아버지가 돌아가신 뒤, 혼자 남은 히데코 할머니의 일상은 쓸쓸해진다. 그러나 이내 주어진 혼자의 생을 받아들이고 스스로 할 수 있는 일들을 꾸준히 한다. 수확한 작물들을 박스에 공평하게 나눠서 이웃들에게 나눠주는 소소한 일상은 멈추지 않는다.

영화 마지막에 이르렀을 때, 히데코 할머니에게 손님이 찾아온다. 슈이치 할아버지가 죽기 2개월 전에 찾아온 정신병원의 직원들이었다. 환자들이 인간다운 삶을 살 수 있는 건축에 대한 조언을 구하자, 슈이치 할아버지는 이틀 만에 설계도를 건네며 이런 메모를 남긴다.

"저도 이제 인생 90입니다. 인생의 마지막에 좋은 일을 만나게 되었네요."

그러면서 사례금이나 설계료를 모두 사양한다. 그가 세상을 떠나고 그의 설계대로 완공된 병원에 히데코 할머니가 방문한다. 새로 지어진 병원 건물은 햇빛과 나무들의 온기로 가득했다.

지루하다 싶을 만한 노인의 일상이다. 하지만 밋밋하고 여백이 넘쳐나는 일상 속에 수많은 질문이 숨어 있고, 그 질문이 던지는 공명은 크다.

'나는 인간답게 살고 있는가.'

'인간답게 살기 위해 필요한 것은 무엇인가.'

거실에 있는 탁상용 달력은 엄마의 다이어리다. 특별한 일이라고는 1도 없는 80세 할머니의 심심한 일상과 단순한 동선이 고스란히 담겨 있는. 그런데 어느 날 눈에 띄는 일정이 생겼다. 엄마에게 좋은 일을 예고하는 군자란의 낙화 소식이다.

꽃잎이 지기 시작한 날.

꽃잎 다 떨어지고 두 송이 남은 날.

엄마는 그날들을 왜 적으셨을까. 달력을 보며 엄마의 마음을 헤아려봤다. 작은 생명의 활동에 관심을 두는 소녀 감성이 귀엽기도 하고, 엄마의 심심한 일상이 느껴져 미안하기도 했다. 하지만 사실 엄마의 심심한 삶은 내 삶보다 훨씬 빛나고 유쾌하다.

엄마는 내가 이제 돌보기 힘드니 버리라고 하는 화분들을 꾸준히 키우고 계신다. 물을 줄 때마다 "너희가 날 행복하게 해줘", "잘 자라줘서 고마워"라고 말 거는 걸 잊지 않는다.

어디를 가시든 두세 명의 친구를 꼭 만드는 엄마는 종종 음식을 만들어 나누신다. 무더웠던 지난여름의 주메뉴는 동치미였다. 그러다 병난다고 타박하니까 내 눈치를 보면서도, 누군가 엄마의 동치미를 아쉬워하는 기색을 보이면 나 몰래 만들어주시곤 한다. 그러면 얼마 뒤에는 된장이나 오이장아찌 같은 것으로 되돌아온다. 아래층에 사는 아주머니는 종종 과일 봉지를 우리 집 현관문에 걸어두고 가시기도 한다.

엄마는 가끔씩 경비 아저씨들에게 추어탕 같은 걸 사다 드리기도 하고, 한 해 동안 금색 돼지 저금통에 동전을 모았다가 연말쯤 불우이웃 성금을 내는 일도 15년 넘게 하고 계신다.

언뜻 보기에 낙이 없어 보이는 일상이지만, 엄마는 엄마의 일을 꾸준히, 유쾌하게 하고 계신 것이다. 가끔 그런 엄마를 보며 생각한다. 내 노년의 모습도 엄마와 같았으면 좋겠다고.

바람이 불면 나뭇잎이 떨어진다.

나뭇잎이 떨어지면 땅이 비옥해진다.

땅이 비옥해지면 열매가 열린다.

꾸준히 그리고 천천히.

– 영화 〈인생 후르츠〉 중에서

 지루함을 견디지 못해 조급해하고, 쓸모 있는 존재임을 증명하기 위해 촘촘하게 살아온 삶이 고단하게 느껴지는 요즘이다. 그렇다고 자본주의 사회에서 다 내던지고 부처처럼 살 수만은 없다고 변명하면서도, 또 그렇다고 다시 성능 빵빵한 엔진을 장착해 파이팅 넘치게 뛸 수 있는 나이도 아니다. '그러면 어떻게 해야 하지?' '도대체 어떻게 살아야 할까?'라는 질문에 머리가 아팠는데, 이제 내 질문도 달라져야 할 때가 된 것 같다.

 '나는 앞으로 무엇을 꾸준히 나누며 살 것인가.'

03

인생의 더하고 빼기

꽃길 까는 사람

방송국 라디오 작가 공채로 들어가서 처음 배정받은 팀이 좋았다. 내가 기대한 프로그램은 아니었지만, PD와 메인 작가, 그리고 함께 일하게 된 동기 작가까지 모두 일 잘하는 좋은 사람들이었다. 당시 PD는 아쉬운 부분에 대해서는 정확하게 모니터해주었고, 잘한 부분에 대해서도 확실한 피드백을 해주어서 더 잘하고 싶은 의욕이 몸 구석구석에 꽉 차 있었다.

좋은 팀워크 중 백미는 동료 작가와의 호흡이었다. 우리는 아이템과 취재에 대해서 수시로 의논하고, 일상의 수다도 떨면서 급속도로 친해졌다. 일하면서 느낀 성취감과 행복은 그

때가 최고였다. 회사로 가는 길이 늘 가슴 두근거려 감사 기도를 했을 정도로.

하지만 늘 그렇듯 인생은 맑은 날만 계속되지 않는다. 행복이 깨진 건 개편 때였다. 개편 시기에는 PD가 바뀌면서 작가가 바뀌는 경우도 있고, 프로그램이 폐지되거나 바뀌면서 작가가 잘리는 경우도 허다하다. 다행히 좋은 PD가 와서 다음 개편 때까지는 무사했으나 곧 프로그램이 폐지된다는 청천벽력 같은 소식을 들었다. 그 말은 하루아침에 일터가 없어진다는 뜻. 당시 PD는 고맙게도 백방으로 우리의 일자리를 알아봐 주었다.

그나마 나는 구사일생으로 토요일 주말 프로그램을 맡게 되었지만, 동료 작가는 끝까지 기회를 얻지 못했고, 백수가 되어버렸다. 그때는 그런 상황들이 몹시 당황스러웠다. 내가 생존했다는 기쁨보다 아끼는 동료 작가를 위해 할 수 있는 일이 없다는 게 더 안타까웠다. 다행히 다음 개편 때에는 동료가 컴백했지만, 다음에는 내가 잘려서 일 년 반이라는 강제 은퇴기를 거쳐야 했다.

행복한 기억으로 충만하던 일터에서 내가, 그리고 함께 일하던 동료가 하루아침에 쫓겨날 때의 황망함을 당하지 않은 사람은 모른다. 더 싫은 건, 그렇게 날 무참하게 쫓아낸 곳에 대한 미련을 버리지 못하고, 날 다시 불러주지 않을까 하며 기다리는 내 모습이다. 분노와 비참함, 당혹감, 배신감이 마음 안에서 뒤엉켰다.

그중에서도 제일 힘든 건 막막함이었다. 기다리다 보면 기회가 온다지만, 내가 임금님 간택을 기다리는 궁녀도 아니고 말이지. 게다가 누군가에게 연락이 오면 무조건 감지덕지해야 하는 상황은 더 한심했다. 개편 때마다 마음 졸이고, 나가라면 나가야 하는 게 어쩔 수 없는 방송작가의 운명인가. 그 부당함에 대해 저항하고 싶으면서도 제 앞가림도 잘 못하는 힘없는 방송작가로 아무 목소리도 낼 수 없는 현실에 좌절했다.

송은이를 보면서 가장 감탄하고 존경하는 부분이 바로 그 지점이다. 연예인도 방송작가처럼 하루아침에 해고 통보를 받는 일이 비일비재하다. 어쩔 수 없는 일이라 하더라도 상처를 안 받는 건 아니다. 언젠가 방송인 김숙도 자신이 당했던 일을 토로한 적이 있다.

"모 방송에서 전날 잘렸어요. 아무 통보 없이. 런칭을 코앞에 둔 타이틀 촬영 전날, 넌 빠지라는 거예요. 서러운 마음에

은이 언니에게 전화를 했죠."

김숙의 이야기를 들은 송은이는 너무 화가 나서 자기도 모르게 말이 나왔다고 한다.

"우리가 잘리지 않는 방송을 만들자."

그게 바로 팟캐스트 〈비밀보장〉이었다. 비밀보장을 시작한 2015년만 해도 예능 팟캐스트는 거의 없어 개척하는 것과 마찬가지인 상황이었다. 그러나 우려와는 달리 방송은 입소문을 타기 시작했다. 예상 밖으로 승승장구하면서 〈비밀보장〉은 〈언니네 라디오〉라는 이름으로 지상파 방송국에 입성했다. 이후로도 송은이는 다양한 콘텐츠를 시도했다. 후배들과 함께 '셀럽파이브'를 결성했고, 유튜브 채널 〈비보티비〉로부터 〈전지적 참견 시점〉이 나왔다. 또 〈비밀보장〉의 고민상담 포맷을 가져와서 〈밥블레스유〉가 탄생했다. 점점 TV에서 송은이의 지분이 많아지기 시작한 것이다. 그러는 사이 예능판도 바뀌어서 여성 예능인들이 노는 판이 많아졌다.

연말, 한 예능 시상식에서 소감을 말하는 송은이를 보며 그자리에 오기까지의 시간들이 가늠되었다. 남성 예능인들의 판 속에서 여기까지인가 하며 포기하고 싶은 순간을 얼마나 많이 삼켜 넘겼을까. 쓰디쓴 시간을 버티며 송은이는 다른 누가 판을 깔아주길 기다리는 대신, 자신과 동료들이 걸을 꽃길을 스스로 깔았다. 그의 행보에 존경심이 들면서 부러운 건, 동료가 하루아침에 실직했을 때 아무것도 해줄 수 없는 무력감, 내가 하루아침에 잘렸을 때 아무 도움도 받지 못했다는 쓸쓸함이 컸기 때문이다. 각자도생의 시대에, 다 함께 걷는 상생의 꽃길을 깔고, 함께 놀기 위한 판을 짜는 누군가가 있다는 건 얼마나 고마운 일인지. 사실 누구나 그런 존재가 절실하지 않은가.

한 사람의 아픔 뒤에는 한 사회의 아픔이 숨어 있다. 개인과 사회는 보이지 않는 끈으로 연결되어 있다. 그런 의미에서 한 여성 예능인이 겪는 개인적인 아픔으로 치부하지 않고, 여성 비정규직이 겪는 아픔으로 문제를 드러낸 송은이가 고맙고 대단해 보인다. 한편으론 부당함을 겪으면서도 환경 탓만 하며 제대로 싸우지 않았던 지난날이 무안하다.

나도 이제는 함께 신명 나게 놀 수 있도록 판을 까는 송은이처럼 살고 싶다. 잘릴까 봐 노심초사하거나 기다리기만 하면서 '왜 내 길은 늘 자갈밭이냐' 하는 하나 마나 한 푸념을 하느니 '내 꽃길은 내가 깐다'는 정신으로.

잘리지 않는 일은 무엇일까 생각해본다. 더 나아가 함께 살 수 있는 길도 말이다.

슬럼프를 극복하는 비결

인생은 아이러니하다. 꼭 끝이다, 하는 그곳에서부터 다른 길이 시작되곤 하는 걸 보면. 끝났다고 생각한 그 시점에 나는 나의 '끝난' 이야기를 글로 쓰기 시작했다. 감사하게도《오마이뉴스》에 연재를 할 수 있게 되었고, 운 좋게도 그 글들을 모아 책까지 냈다.

출간 작가가 된다는 건 나에게 또 다른 기회였다. 워낙 출판 시장의 어려움을 알고 있던 터라 베스트셀러 작가가 아닌 다음에야 글 쓰는 일로 밥 벌어먹기 힘들다는 건 알고 있었다. 그저 투잡을 뛰지 않아도 되는 정도만 되어도 좋겠다는 바람이 있었다. 그러나 그조차도 깨어지고 나니, '써서 뭐 해, 아무것도 변하는 게 없는데' 하는 생각에 조금 울적해졌다. 소위 말해 슬럼프였다.

그때 눈에 들어온 배우가 있다. 바로 작년에 영화 〈기생충〉과 드라마 〈동백꽃 필 무렵〉으로 연기력을 인정받으며 전성기를 맞고 있는 배우 이정은. 오랜 시간 대학 동기들이 배우로 승승장구하는 모습을 지켜보다 마흔이 훌쩍 넘은 이제야 자신의 꽃을 피우기 시작한 배우다.

20대부터 스포트라이트를 받고, 그 페이스를 꾸준히 유지할 수 있다면 그 이상 좋은 게 없다. 그러나 변수는 늘 있다. 삶은 공식대로 되지 않을 때가 더 많고, 더구나 불가항력적인 파도가 밀려올 땐 뒤로 밀려날 수밖에 없다. 도무지 앞으로 나아갈 수 없을 때가 있기 마련이다.

그때 내 상태가 그랬다. (사실은 그렇지 않겠지만) 남들은 앞으로 순탄하게 잘 가는 것 같은데 나 혼자 뒤처져서 이게 맞게 가는 건지 확신이 들지 않아 길을 잃기도 했다. 세상에 글 잘 쓰는 사람, 똑똑한 사람은 너무나 많은데 거기에 숟가락을 얹기엔 내가 너무나 함량 미달처럼 느껴졌다.

잘 쓰지도 못하는 주제에 계속 쓴다는 게 의미가 있을까, 더 늦기 전에 다른 일을 알아봐야 하는 건 아닌가 하는 마음에 울적해진 요즘이다. 아무도 나에게 더 빨리 가라고, 더 잘해야 한다고 등 떠밀지 않았는데 또 나 혼자 조급해진 탓이다.

그랬던 차에 늦게 핀 꽃은 묘하게 위로가 된다. 이정은 씨는 "연기를 못해서 28년 동안 계속할 수 있었다"라고 한다. 게임 같으면 한 판 깨면 끝날 것을, 연기는 깨도 깨도 깰 게 너무 많으니까 어깨가 으쓱하다가도 내려오고 앞이 막막하다가도 고개 숙여 보물을 찾을 수 있단 얘기다. 연기를 못해서 계속할 수 있었다니. 나 들으라고 하는 소리인가.

이정은 씨에게도 슬럼프가 있었다. 그때 지금은 고인이 된 김영애 씨는 작품을 고르는 후배에게 '너는 경험이 더 있어야 한다고, 그러니 작품을 더 많이 하라'고 조언했다고 한다. 그 말을 듣고 이정은 씨는 다작 배우가 되었고, 덕분에 슬럼프에서도 벗어나고 지금의 이정은이 될 수 있었다.

〈기생충〉으로 역시 주목받은 장혜진 배우도 20대에 연기를 포기하고 고향 부산으로 내려갔다. 연기를 해서는 살아가기 힘들다고 판단해서다. 마트 직원으로 일하다 그녀가 다시 영화판으로 돌아오도록 용기를 준 것은 그녀 또래의 늦게 꽃을 피운 동료들, 이정은, 염혜란, 김선영, 라미란 같은 배우들

이었다고 한다.

　결국 왕도가 없다. 꽃을 피우고 싶다면 누가 알아주든 아니든 많이 해보고 계속해보는 수밖에. 누구든 마찬가지 아닐까. 나만 해도 내 실력으로는 여전히 깨도 깨도 깰 게 너무 많다. 속도도 여전히 거북이다. 그래서 꾸준함으로 늦게 꽃을 피워준 사람들이 고맙다. 그들의 늦은 만개가 경주를 포기하지 않고 더 나아갈 수 있게 해주는 용기를 주고, 희망이 되기 때문에. 그래서 다시 글을 쓴다. 당신도 포기하지 말기를.

부자가 되고 싶긴 하지만

친하게 지내는 지인은 자기 소유의 집이 있고 상가에서 임대료를 받는데도, 노후에 대한 불안이 크다. 어느 날, 그분이 걱정 어린 표정으로 나에게 이런 말을 했다.

"나는 소영 씨 보면 걱정돼요. 노후에 어떡하려고 하나 해서요."

내가 준비를 너무 안 하고 있는 것처럼 느껴진 모양이다. 분명 노후 준비에 대한 필요는 느끼지만 불안하지는 않은 이유가 뭘까 생각해봤다. 금세 답이 나왔다. 내 주변에는 나와 비슷한 사람들만 있었던 것이다. 친한 사람들 중에 부동산 열풍에 휩쓸린 사람이 별로 없다. 사실 지금도 분수를 넘는 투자는 내 성정상 맞지 않는다. 하지만 장기적으로 봤을 때 노후를 위한 재테크는 필요하다고 생각한다.

내가 그것을 제대로 못한 이유는, 저축 말고 다른 방법에 관심을 두지 않은 탓도 있지만, 더 근본적인 원인이 있다. 부끄러운 고백을 하자면, 안 모은 건 아닌데 그 돈이 다 어디로 갔는지 모르겠다. 애써 번 돈이 아무것도 남기지 않은 채 휘발돼버린 것이다.

규모 있게 모으기 위해서는 목표가 있어야 하고, 또 현재의 생활을 잘 정돈해야 하는데 그러지 못했다. 특히 프리랜서가 된 이후에는 수입이 일정하지 않고 그나마도 결제가 늦어지기 일쑤여서 더더욱 계획과 실천이 중요한데도, 씀씀이를 조절하지 못했다. 수입이 줄었음에도 불구하고 버는 것보다 더 쓰는 경우도 많았다.

소비를 줄이는 건 어려운 일이었다. 돈 때문에 구질구질해지는 것도 싫었고, 다른 사람들에게 궁상스러운 사람으로 보이는 것도 자존심 상했다. 소비하는 것을 내 자존심, 정체성과 연결해버린 것이다. 분명 절약해야 하는데도 불구하고 마음속으로만 그 필요를 외칠 뿐, 지금껏 살아온 삶의 체질을 바꾸기란 쉽지 않았다. 무언가 계기가 필요했다. 나의 현실을 감안한 나에게 맞는 재테크는 무엇인지 찾고 싶었다.

그러던 중 지난해 《오마이뉴스》에서 '최소한의 소비'라는 연재 기사를 봤다. 절약에 관한 이야기였다. 사실 절약은 내게 고루하고 매력 없는 단어였다. 왠지 굴비를 매달아 놓고 바라보며 밥을 먹는 장면이 연상됐달까.

그러나 그 기사에 나온 절약은 멋지고 당당했다. '소비를 자랑하는 사람은 많은데 절약을 자랑하는 사람은 별로 많지 않다. 나는 절약을 자랑하는 사람이 되고 싶다'는 최다혜 시민 기자의 선언이 신선하고 반가웠다. 내게 꼭 필요한 답을 찾은 것 같았다.

절약을 이야기하면 사람들은 일정한 프레임을 갖는다. 내가 굴비를 연상한 것처럼. 그러나 그녀에게 절약은, 자신은 물론 가족의 현재, 미래를 위한 실천이기도 하고, 다음 세대에게 더 좋은 세상을 물려주기 위한 노력이기도 하다. 일례로 그녀는 가속화되는 환경오염이 걱정되어 청소기 대신 빗자루로 바닥을 쓴다.

식비와 생활비, 부부 용돈을 정해놓고 외식은 아프거나 장시간 외출했을 때만 하지만, 그렇다고 삶이 제한적이냐 하면 그것도 아니다. 그녀의 소비 원칙은 간단하다. 갖고 있는 것은 사지 않기. 그 원칙 안에서 야무지게 생활하고 있는 그녀의 삶이 부족해 보이기는커녕 오히려 꽉 차 보였다.

궁색 맞아 보이는 일도 막상 시작해보면 괜찮다는 말에 용기가 나서 나도 한번 해보자 했다. 정한 돈 이상으로 쓰지 않겠다는 다짐용으로 용돈 통장을 따로 만들었고, 은행에 갔다가 마침 이자 3.6퍼센트 상품이 있다고 해서 적금 통장 하나를 더 만들었다.

나에게 있는 것은 사지 않겠다는 다짐으로 옷이나 액세서리의 신상이 나와도 눈길도 주지 않고 있다. 원고 쓸 때를 제외하고는 카페 이용도 자제한다. 가계부를 쓰고 절약을 실천한 지 6개월째인데 다행히 아직까지는 잘 지키고 있다.

그렇다고 절약에 익숙해졌다고는 말하지 못하겠다. 진짜 필요한 것들만 남겨둬야 하는데 여전히 불필요한 것에 마음을 빼앗기기 일쑤기 때문이다. 간혹 투자를 잘해서 돈을 많이 벌었다는 누군가의 소식을 듣거나 돈 걱정 하지 않고 무언가를 척척 사는 사람들을 보면 부러워지기도 한다.

그러나 적당히 벌고 적게 쓰는 삶, 진짜 필요한 것들만 남겨 놓아도 풍요로운 삶이 나에게는 더 매력적으로 다가온다.

최소한의 소비를 하면서 당당하고 여유 있는 삶. 그러면서 내가 할 수 있는 이야기를 쓰는 삶 말이다.

.

낭만적 낭비에 대하여

내가 30대에 자기계발의 광풍이 불기 시작한 때라 "목적의식이 분명하면 인생을 낭비하지 않는다"라는 식의 글이 잠언처럼 여겨졌다.

사실 나는 그런 말들이 아니어도 지나칠 정도로 모범적인 생활에 충실한 사람이었다. 나에게 가장 중요한 덕목은 성실함이었던 만큼, 학창 시절에는 결석은커녕 지각을 한 기억도 없고, 회사 생활을 할 때도 마찬가지였다.

그러다 모범생처럼 성실하게 달려오기만 한 삶이 어느 지점에 이르자 삐걱 소리를 내기 시작했다. 오전 7시 30분 출근,

오후 10시까지 야근하는 날이 한 달에 절반 정도. 그렇게 몇 년을 지내다 보니 나는 지칠 대로 지치고 망가져 있었다. 내가 자초한 고장이었다.

마음속에선 공허함이, 육체에서는 그만 쉬라는 아우성이 폭발한 다음에야 모든 걸 잠시 내려놓을 용기가 생겼다. 내가 용쓰지 않으면 '아무나'가 될까 봐 혹은 '대세'의 흐름에서 누락될까 봐 낼 수 없었던 용기 말이다.

사표를 내기로 하면서 무엇을 할지 생각해봤다. 가장 먼저 떠오른 게 있었다. 바로 어렸을 때부터의 꿈인 외국에 나가서 살아보기. 외국 유학을 할 정도로 공부를 잘한 것도 아니고, 우리 집 형편에 어학연수를 떠날 수도 없었던 터라 그저 아득한 장래 희망으로만 여기던 꿈이었다.

누군가는 허영심이라고 따가운 충고를 하기도 하고, 그런 인생 낭비를 왜 하느냐고도 하고, 생산성 없는 쓸데없는 짓을 한다고 하기도 했다. 제일 많이 들은 말은 '갔다 와서 뭐 하려고 하느냐'는 걱정이었다.

평소 팔랑귀임에도 불구하고 그때는 그저 내가 벌어놓은 돈으로 한 번쯤은 나를 위해 탕진해보고 싶었다. 그동안 명품 백 같은 것과 무관하게 살아왔고, 시계추처럼 딴 길로 새지 않고 열심히 살았으니 그 대가로 한 번쯤은 나를 위해 진탕 써보고 싶었다.

결정적으로 당시 난 책임져야 할 가족이 없었다. 결혼하면 더 못 갈 테고, 재취업하면 더 못 갈 테니 지금이 아니면 영영 할 수 없을지도 모른다는 생각이 들자 용기가 났다. 한 번쯤은 아무것도 하지 않거나 낭비를 해보는 것도 괜찮다는 걸 그제야 깨달은 셈이다.

그해 겨울, 나는 캐나다 빅토리아로 떠났다. 별 준비도 없이 그저 어학연수로 홈스테이만 정하고 떠났다. 빅토리아로 정한 이유는 딱 두 가지였다. 캐나다에서 제일 따뜻한 곳, 그리고 노인들이 많은 휴양 도시라는 말에 더 생각하지 않고 결정했다.

그때의 나는 도시의 세련됨보다는 느린 편안함에 본능적으로 더 이끌렸다. 가서 보니 실제로도 그랬다. 어느 곳에서든 사람(특히 노약자)을 우선으로 기다려주는 느긋함, 건물의 문을 열고 들어갈 때 뒷사람을 배려해주는 에티켓, 팔순의 할아버지가 버스에 오르기 전 "레이디 퍼스트"라며 나에게 양보해주는 마음 등.

아무도 떠밀지 않는 그곳의 기분 좋은 한가함과 몸에 밴 배려, 사람이 먼저인 친절한 사회 시스템에 나는 몇 번이나 눈물을 쏟았다. 지금은 우리나라도 많이 바뀌었지만, 당시엔 내가 그동안 얼마나 속도에 치어 살았는지, 그러면서 얼마나 내 속에 독이 차 있었는지 울면서 깨달았다.

한쪽 청력을 잃을 만큼 극심한 스트레스에 시달리던 나는 그곳에서 아무것도 하지 않는 백수로 온전히 일 년을 보내며 그 어느 때보다 많이 웃었고, 자연을 보며 많이 걸었고, 많은 사람을 만났다. 꿈같은 시간이었다.

그곳에선 내가 과장님도 팀장님도 아닌, 그저 나였다. 한국에 있을 땐 명함이 너무나 소중해서 그것을 잃어버리면 내 존재가 무너질 것 같았는데, 아무것도 아닌 채로 산다는 게 얼마나 자유롭고 가벼운 일인지 그때 처음 알았다.

물론 덕분에 그동안 벌어놓은 돈을 탕진했다. 그러나 지금 생각해도 내 인생에서 가장 현명한 낭비였고, 후회 없는 낭비였다.

그저 의미 없이 아무것도 안 남는 돈지랄을 한 게 아니냐고 할 수도 있다. 유형의 것만 보면 그럴 수 있다. 그러나 과연 눈에 보이는 것만이 남는 것일까.

빅토리아에서 보낸 시간은 지금도 종종 들여다보는 아름다

운 추억이다. 내가 지나온 삶을 돌아보며 행복했던 순간이라고 꼽을 추억이 있다는 건 돈만큼이나 소중한 자산이다. 그런 기억이 지금도 나를 행복하게 하고, 죽을 때에도 가져갈 수 있는 것이므로.

또 하나, 빅토리아에서 만난 인연들은 지금까지 내 삶의 큰 복이다. 어학원에서 만난 일본 친구와도 가끔씩 안부를 나누고 있고, 한인교회 동생들과는 서울에 와서도 꾸준히 만나며 속내를 나누는 인생 친구가 됐다. 특히 나보다 10살 아래인 한 후배는 모든 걸 터놓을 수 있는 소울 메이트이기도 하다. 돈으로 살 수 없는 평생 재산을 얻은 셈이다.

그래서 나를 위한 일 년간의 낭비는 인생을 돌아볼 때 가장 잘한 선택이었다. 그래서 누군가가 되지 않아도 되고 무언가를 하지 않아도 되는, 자신만을 위해 낭비하는 시간은 하루이든 일 년이든 가질 필요가 있다. 낭비가 아니라 오히려 투자가 될 수 있기 때문에.

한 가지 아쉬운 점은 있다. 요즘은 '○○○에서 한 달 살아보기' 같은 것이 유행이던데, 그때 만약 '캐나다에서 일 년 살아보기' 같은 걸 잘 정리해서 다녀온 뒤에 글을 썼다면 어땠을까? '한 달 살기' 콘텐츠들을 보면서 무릎을 쳤다.

그러고 보면, 내가 생각했던 걸 누군가 하고 있고, 내가 쓰려고 했던 걸 누군가 이미 쓰고 있다. 이제는 그런 것들을 놓치지 않고 해보려 한다. 10년 뒤 지금을 생각하며 '아, 그때 그거 했어야 했는데'라는 후회를 조금은 줄이기 위해. 나이기 때문에, 지금의 내 삶이기 때문에 가능한 것들 말이다.

물론 현실은 녹록하지 않다. 나같이 작고 미미한 존재가 만들 수 있는 작은 리그는 어떤 것일까. 오래 일하고 싶은 내가 뛸 수 있는 곳은 어디일까. 계속 답을 찾으며 문을 두드리고 있다. 또 한 번 거하게 나를 위해 낭비할 날을 기대하면서.

나보고 명절에 오라고?

명절에 다른 사람들은 모두 자신을 기다리는 가족이 있는데, 당신을 기다리는 건 아무도 없는 집뿐이다. 명절을 혼자 보내는 데 익숙하지만, 어쩐지 이번에는 좀 쓸쓸하다. 그때 마침 한 친구가 당신을 초대한다. 반가운 제안이지만, 그의 집에는 그의 배우자와 자녀, 가족들이 다 모여 있다. 더구나 그들은 당신을 그다지 반기지 않을 가능성이 높다. 당신이라면 어떻게 할까?

영화 〈그린북〉에 나온 천재 흑인 피아니스트 돈 셜리의 이야기다. 인종 차별이 심했던 시절, 셜리는 흑인에 대한 편견과 싸우기 위해 차별이 심한 미국 남부에서 순회공연을 감행한다. 온갖 모욕을 당하면서도 우아함을 잃지 않은 셜리 곁에는 단순 무식하지만 마음은 따뜻한 이탈리아계 백인 매니저 토니가 있다. 사실 토니도 자신의 집에 온 흑인 수리공들이 마신 컵을 버릴 정도로 인종 차별주의자였다. 그러나 돈 때문에 셜리의 운전기사가 되어 동고동락하면서 두 사람의 거리는 점점 좁아진다.

8개월간의 순회공연을 마치고, 셜리는 계약한 대로 성탄절에 토니를 집 앞에 내려준다. 쓸쓸히 집으로 돌아가려는 셜리에게 토니는 선뜻 자기 집에 같이 가자고 청한다. 그러나 편견으로 인한 냉대에 익숙한 셜리는 차마 그 초대에 응하지 못 한다.

"세상을 바꾸는 것은 천재성만으로는 충분하지 않죠. 용기가 필요해요."

이런 신념으로 남부 연주 여행을 감행한 셜리도, 낯선 초대 앞에서는 쫄보가 되어버린 것이다. 자기가 그 집에 들어서는 순간, 어떤 일이 벌어질지, 어떤 분위기가 될지 불 보듯 훤했으니까. 그러나 셜리는 이내 용기를 끌어모아서 토니의 집으로 향한다.

"우리 집에 같이 가자"는 토니의 초대, 그 초대에 응한 셜리의 용기, 그리고 예상하지 못한 가족들의 따뜻한 환대. 나는 모두가 두려움과 편견을 하나씩 깨고 익숙한 경계를 넘어 서로에게 문을 연 그 장면이 좋았다.

3년 전, 비혼인 나는 낯선 초대를 받은 적이 있다. 추석을 앞둔 어느 날이었다. 친한 동생의 집에 놀러 갔다가 '명절 연휴 때 오빠와 엄마가 해외여행을 가서 혼자 있게 되었다'라는 말을 한 참이었다. 그런 적이 몇 번 있어서 특별한 대화는 아니었다.

"언니, 그럼 명절 때 뭐 할 거예요?"

"그냥 집에 있으려고. 읽고 싶은 책 사놨어."

"그럼 우리 집에 와서 같이 놀아요."

순간, 당황했다. 지금까지 명절에 아이를 키우는 사람에게서 집으로 놀러 오라는 초대를 받은 적이 한 번도 없던 탓이다. 밖에서 잠깐 만나 차를 마시며 수다 떠는 것도 아니고, 집으로 오라니. 내가 잘못 들었나 싶었다. 대충 얼버무리려는데 후배는 진지했다. 어차피 친정 식구들은 미국에 있고, 시댁에는 평소에 자주 왕래해서 명절 당일에만 다녀오면 된단다. 머릿속이 복잡해졌다.

'명절에 눈치 없이 남의 집에 가서 비비대는 불청객 되는 거 아닌가.'

'난 명절에 혼자 지내는 게 괜찮은데, 좀 처량 맞아 보였나.'

'나는 쿨합니다'라는 분위기로 "괜찮아. 혼자 잘 노는 거 알잖아" 하며 완곡하게 빼려는데, 소용이 없었다.

"언니, 내가 놀고 싶어서 그래요. 밤 9시면 아이들도 자니까 그땐 남편한테 맡기고 심야영화 보러 가요. 그리고 우리 집에서 자고 가면 되잖아요."

자고 가라는 한술 더 뜬 말에 헛웃음이 나왔다. "남편하고 의논은 하고 하는 말이니?" 하고 묻자, 실행력 좋은 후배는 내 말이 떨어지기 무섭게 그 자리에서 바로 남편에게 전화를 건다.

평소 나를 '누나'라고 부르는 후배의 남편도 흔쾌히 좋다고 한다. 아마 그전에 이런 대화를 나눈 모양이다. 순식간에 진행되는 이야기에 이래도 되는 건가 싶어 얼떨떨하면서도, 왜일까. 생전 처음 받은 명절 초대가 꽤나 신선하고 즐거웠다.

언제부터인가 명절은 평소보다 조금 더 쓸쓸한 날이 되었다. 친척이 별로 없어서 시끌벅적한 명절 분위기와는 거리가 멀었던 데다가, 비혼이 되면서는 명절 연휴에 만날 수 있는 사람들이 현저히 줄어들었기 때문이다. 물론 혼자 명절 연휴를 보내는 것에 익숙해져서 나름 잘 지내지만, 가끔은 친구들이 그립다.

그렇다 하더라도 명절이면 가사노동에 시달리는 기혼 친구들의 고단함을 익히 알고 있는 터라 연락하기가 쉽지 않다. 아무래도 나이가 들면서는 그런 타인의 상황을 조금 더 의식하게 된다. '아, 시댁에서 아직 안 왔겠구나.' '아이들 보느라 바쁘겠네.' '피곤할 텐데 쉬어야지.' 이렇게 한 사람씩 넘기다 보면 만날 사람이 없었다. 그런 패턴은 시간이 갈수록 점점 더 굳어졌다. 그러니 명절에 남의 집 가족 모임에 끼는 건 언감생심 생각도 못 했다.

여전히 타인의 상황을 의식하면서 사는 데 익숙한 나를 앞으로 훅 당긴 건, 후배의 초대와 환대였다. 당연히 타인을 배려해야 하지만, 그 배려가 선이 되어 그 안에 관계를 가두기도 했다. 어쩌면 그런 초대의 기회가 더 많았을 수도 있는데, 내가 낄 자리인지를 판단하며 스스로를 분리시키다 보니 미리 선을 그은 건 아닌가 하는 반성도 된다. 그게 제일 아쉽다. 그런 환대 속으로 용기를 내어 폴짝 뛰어들어 가볼걸.

〈그린북〉에서 흑인 셜리에 대한 백인 가족의 환대가 미국 사회가 어떻게 변할지를 알려주는 예고편이었듯, 우리의 명절도 변하고 있다는 예고편들이 곳곳에서 보인다.

얼마 전, 고등학교 때부터 친한 베프가 연락을 했다.

"설 명절 끼고 신랑하고 아들하고 다낭으로 여행 가는데 너도 같이 가자."

이건 또 뭐람.

"뭐? 나보고 너희 가족 여행에 끼라고?"

이런저런 집안 사정상, 설날 가족 모임을 안 하게 되어 여행을 간다며 같이 가잔다. 이번에도 역시 흠칫해서 말했다.

"내가 주책없이 거길 왜 따라가니?"

"뭐 어때? 모르는 사이도 아니고. 남편한테 이야기했더니 너만 괜찮으면 자기도 좋다고 같이 가재."

이미 명절의 다양한 버전이 업그레이드되는 중이다. 설날을 앞둔 지금, 여전히 용기가 부족한 나에게 누군가 이렇게 말하며 등을 떠미는 것만 같다.

"뭐가 문제야?"

더하고 빼기

고등학생 때 〈인간시대〉라는 TV 다큐멘터리에 매료된 나는 그때부터 방송작가가 되고 싶었다. 하지만 국문과는 가지 못했다. 문창과는 그때 없었고, 국문과를 지원하기엔 점수가 모자랐다. 그래도 뜻이 있는 곳에 길이 있다고 졸업반 때 방송국 지인을 통해서 방송작가 막내 자리를 소개받았다. 그때만 해도 꿈을 꾸면 이렇게 이루어지는구나 싶었다. 그게 정글에서의 첫 시작이라는 걸 몰랐다.

막내 작가는 원고 쓰는 일보다는 보통 잡일을 많이 한다. 언젠가는 메인 작가가 될 날을 꿈꾸며 열심히 바닥을 기고 있을 때, 급하게 다른 프로그램에서 막내 작가가 필요하다는 이야기를 들었다. 문득 당시 취업을 못 하고 있던 한 친구가 생각났다. 친구는 당연히 오케이였다. 대학 친구와 같은 직장에서 일할 수 있다니 든든하고 천군만마를 얻은 것 같았다.

그러나 상황은 내 뜻대로 돌아가지 않았다. 센스 있고, 머리 회전도 빠르고, 성격도 좋은 친구는 방송국에 잘 적응하더니 승승장구하기 시작했다. 주변머리 없고, 센스도 별로 없는 느린 나보다 PD들과도 훨씬 빨리 친해지고, 원고도 잘 써냈다. 결국 나중에 나는 잘리고 그녀는 메인 작가까지 올라가 꽤 유명한 프로그램을 오랫동안 맡았다. 그녀가 잘나가는 동안 나는 꽤 오래 방황했고, 결국 방송작가를 포기하고 다른 일들을 전전하다가 잡지사에 취직했다.

인생의 아이러니를 그때 처음 경험했다. 그녀는 방송작가가 꿈도 아니었고, 나는 어릴 때부터 꿈이었는데 말이다. 좋아한다고 해서 다 할 수 있는 건 아니었던 것이다. 그때 나는 나에게 재능이 부족하다는 사실을 인정할 수밖에 없었다. 뼈아픈 시기였다. 아무렇지 않은 척 쿨하지도 못했고, 부럽다고 이야기하기엔 자존심이 상했다.

대학교 때 가장 친한 친구 중 한 명이었는데, 내가 방송국에서 나오면서 그 친구와는 전처럼 만날 수가 없었다. 서로 생활이 달라서이기도 했지만, 어쩐지 연락이 쉽지 않았다. 그 친구도 마찬가지 아니었을까. 싸우지도 않았는데 자연스럽게 멀어졌다.

시간이 지나서야 내가 그 친구를 부러워하고 질투했다는 사실을 인정하게 되었지만, 그땐 그럴 수가 없었다. 내가 못나서 그런 걸 어떻게 하나 싶은 자책과 나만 뒤처지는 것에 대한 불안, 이러다 아무것도 아닌 채로 주저앉게 될 것에 대한 두려움 등 모든 게 복합적이어서 못 본 척 외면하며 사는 게 약이었던 시절이다.

인생의 아이러니는 계속된다. 어찌어찌 돌고 돌아 난 다시 방송작가를 했고 계속 글을 쓰고 있다. 여전히 재능 없음을 확인하면서 말이다. 대신 이제는 그런 나를 편안하게 인정한다. 반면 잘 나가던 친구는 남편 직장이 지방으로 이전하면서 방송국 일을 그만두고 지방에 내려가 살고 있다.

인생은 길고 삶은 다양하게 변주된다. 삶의 여정 속에서 누군가 나를 훅 앞서갈 때, 여전히 흠칫 놀란다. 당연히 질투도 한다. 그러나 이제는 그 감정을 있는 그대로 받아들이고 묵묵히 가는 법을 배웠다.

그럴 수 있었던 데에는 무수한 '포기'가 있었기 때문이다. 20대에도 방송작가라는 길을 포기했지만, 그때는 아직 많은 가능성을 갖고 있었기에 희망이 남아 있는 포기였다. 진짜 포기는 아니었던 셈이다. 하지만 30대에 들어서면서는 포기의 무게가 훨씬 무거워진다. 나이가 들수록 '포기'에는 더 많은 무게가 붙는다. 예를 들면, 안정적인 직장을 포기한다든가, 결혼을 포기한다든가 하는. 이런 것들을 포기할 때마다 뼈아프기도 하지만 얻는 것도 있다. 바로 자유.

정여울 작가는 『그때, 나에게 미처 하지 못한 말』이라는 책에서 비슷한 이야기를 했다.

물론 내가 포기한 모든 것들이 아직도 내 어깨를 짓누르는 밤이 있다. 아직도 '내가 원하는 것을 얻기 위해 엄청난 노력을 했는데 왜 그 모든 것들을 얻지 못했을까' 하고 자책하는 때도 많다. 하지만 '그럼에도 불구하고 내가 얻은 자유'에 비하면 후회의 아픔은 얼마든지 감당할 수 있다.

전적으로 동의한다. 아무리 젊음이 좋아도 그때로 돌아가고 싶지 않은 이유이기도 하다. 나도 수많은 포기를 하면서 내 인생에서 무엇을 더하고 빼야 하는지를 진지하게 성찰할 수 있었다. 더불어 내가 무엇을 포기할 수 있는지도 배웠다. 포기를 통해 내 인생에서 가지치기를 하며 내 인생을 나답게 가꾸는 법도 알 수 있었고, 그러면서 나다움을 찾아가고 있다고 생각한다.

정여울 작가는 그동안 했던 수많은 포기 중에서 가장 뼈아픈 포기로 휴일과 기념일, 숙면을 꼽았다. 작가로 살기 위해 어쩔 수 없이 포기해야만 했던 것들이라고 한다.

내 경우, 작가로 살기 위해 포기해야 하는 건 두 가지다. 하나는 잘하는 사람과의 비교, 그리고 휴일. 어쩌면 김은숙 같은 드라마 작가가 되겠다는 욕심만 버리면, 오래 하는 것이 재능일 수도 있겠다는 생각도 하게 되었다. 내가 포기하지 않는 한, 진짜 내가 좋아하는 일이라면 길은 언제나 열린다는 사실을 경험하면서. 또 포기하면서 얻은 자유를 누리면서 말이다.

나이와 물음

"나이가 많은데 어떻게 지원하게 되었나요?"

방송국 라디오 작가 면접 때 들은 질문이다. 이 질문을 받을 때 한편으로는 되묻고 싶었다.

"나이가 많으면 지원하면 안 되나요?"

사실 나이가 많으면 왜 안 되는데, 하는 마음이 위축된 마음보다 컸기 때문에 지원할 수 있었다. 그러나 마음속 소리일 뿐 일단 잘 보여야 한다는 생각에 모범답안으로 타협했다.

"나이 많은 작가가 필요한 영역도 있지 않을까 하는 기대로 지원했습니다."

막내작가의 일부터 해야 하는데 그래도 괜찮냐는 질문이 이어졌다. 당연히 할 수 있다고 호기롭게 답했다. 그리고 일주일쯤 지난 뒤, 후배와 부산에서 2박 3일을 지내고 서울로 돌아오는 길, 기차에 앉아 출발을 기다리는데 전화벨이 울렸다. 모르는 전화번호였다. 직감으로 방송국이라는 걸 알았다.

"최종합격하셨습니다. O일 O시까지 방송국으로 나와 주시겠어요?"

그때 내 나이 마흔하나. 최종 합격자는 다섯 명이었다. 나중에 듣고 보니 경쟁률이 거의 100대 1이었다고 한다. 그중에 한 사람으로 합격하니 그동안 취업이 안 되어 비실비실하던 자존감이 조금 회복되는 느낌이었다.

어느 순간부터 '나이'는 나에게 장애물이었다. 잡지사의 편집팀장으로 퇴사한 이후, 재취업을 시도할 때 내 능력보다는 내 나이라는 것이 장벽이 될 때마다 나는 좌절했다. '나이'는 내가 임의로 깎을 수 없는, 내 힘으로 어쩔 수 없는 것이라고 여겼기 때문이다.

게다가 결혼 여부에 대한 질문도 부담이었다. 방송국 면접 때만 해도 "결혼하셨어요?"도 아니고 "아이는 지금 몇 학년인

가요? 아이 키우면서 일할 수 있겠어요?"라는 질문으로 건너뛰었다. 세상에, 결혼도 안 했는데 학부모라니. 당혹스러웠다. "저 결혼 안 했습니다"라는 말을 하기까지 그때는 왜 그리 용기가 필요했는지. 참 못났었다.

결혼을 안 했다고 하면 안 한 이유까지 찾고 싶어 하는 사람들에게 수도 없이 무례한 질문을 받아왔지만, 내 미래가 걸린 취업문 앞에서 나는 그제야 주체적으로 물음을 발명할 수 있었다.

'나이가 많으면 문제가 있나요? 나이가 이 일과 어떤 상관이 있나요?'

'결혼을 안 하면 이상한 건가요?'

다행히 '합격'으로 '나이'에 대한 선입견과 편견의 첫 번째 관문을 통과하긴 했으나, 사실 그건 시작에 불과했다. 방송국에 발을 들여놨다고 해서 그곳에 있는 모든 사람이 한꺼번에 내 나이를 받아들이는 건 아니었으니까. 벽에 부딪힐 때마다 물음이 올라왔고, 나는 그 질문에 스스로 납득하고 당당할 수 있는 해답을 찾기 위해 계속 두들겼다. 그리고 그런 질문들은 나를 순응하고 적당히 타협하던 인간에서 좀 더 문제 제기를 하는 까칠한 사람이 되게 했다.

그렇게 비혼에 대한 글을 쓰기 시작했다. 그리고 글이 올라올 때마다 악플은 창궐했다. 글을 제대로 읽지도 않은 채 욕부터 하는 악플은 가볍게 넘겼고, 내용에 대한 문제 제기형 악플은 귀담아들었다. 내 생각에 대해 다른 각도에서 보는 다양한 시선이라고 여겼다. 오히려 답을 찾아가는 데 도움이 되었기 때문에 고마웠다.

내가 대인배라서 그런 건 절대 아니다. 맷집이 좋아진 덕분이다. 생각해보면, 방송국에 들어간 이후로 정말 많이 얻어 터졌다. 아프고 상처받았어도 그 길을 선택한 걸 후회한 적은 한 번도 없다. 후회하기엔 얻은 게 너무 많다.

만약 내가 "이 나이에 무슨!"이라는 사회적 통념과 타협했다면 나는 죽을 때까지 방송작가의 세계를 경험하지 못했을 것이다. '이 나이가 왜?'라고 질문한 덕분에 나는 아주 진하게 방송작가 생활을 경험했다. 일단 가봤기 때문에 여한이 없다. '그때 내가 도전했어야 했는데'라는 후회가 없다. 두려움 때문에, 혹은 편견과 선입견 때문에 시도조차 하지 않고 포기했다면, 후회가 내 뒤통수를 아마 수도 없이 후려쳤을 것이다.

나는 공채로 들어와 딱 10년을 채우고 얼마 전 방송작가를 그만두었다. 그동안 내가 할 수 있는 최선을 다했기 때문에 여한이 없다. 가치 있는 질문을 발견하고 답을 찾았으니 더 그렇다. 이런 마음이 든다는 게 어쩐지 표창같이 느껴지기도 한다.

내 앞에는 다시 수많은 질문이 놓여 있다. 모든 자연이 계절마다 옷을 바꿔 입듯이 나이마다 나이에 맞는 모습이 있고, 나이에 맞게 물음도 달라진다. 과거에 하지 못했던 질문들을 해보기도 하고, 지금 이 자리에서 필요한 물음을 발명하기도 한다. 이 물음이 나를 만들어간다. 다시 말하지만, 산다는 건 물음을 발명하는 일이다. 물음을 발명하지 못한 채 산다는 건 밍밍하고, 시들하다.

싸우는 자는 패할 수 있다.
하지만 싸우지 않는 자는 이미 패한 것이다.

−베르톨트 브레히트

좀 더 불량해져도

작년 봄, 몇 년 전에 사귄 친구와 제주도 여행을 다녀왔다. 아침 첫 비행기를 타고 밤늦게 올라오는 꽉 찬 2박 3일 일정이었다. 그런데 공항에서 만난 친구의 여행용 캐리어가 심상치 않았다. 고작 사흘 국내 여행인데 캐리어는 8박 10일 유럽 여행 수준이었다. 평소 멋쟁이여서 옷을 많이 챙겨 왔다 쳐도 크기가 과하다 싶었다.

궁금증은 호텔에 도착해 짐을 정리하며 풀렸다.

"소영에게 잘 어울릴 것 같아서 내가 코디해 왔어요. 한번 입어 봐요."

친구는 나를 위해 여러 벌의 옷을 준비해왔던 것이다. 거기서 첫 번째로 놀랐고, 그녀가 준비해왔다는 옷을 보는 순간 두 번째로 놀랐다. 세상에. 그녀가 나를 위해 가져온 옷 중에는 주황색 블라우스와 샛노란 롱스커트, 함께 곁들일 벨트가 있었다.

성인이 된 이후로 한 번도 시도해보지 않은 원초적 원색 배합이었다. 게다가 허리 벨트라니. 굵은 허릿살은 감추기 바쁜 적폐였거늘, 그걸 벨트를 매서 드러내란 말인가. 있을 수 없는 일이었다.

그런데 웬일인지 안 해본 짓을 하고 싶어졌다. 여긴 여행지 아닌가. 못 이기는 척 순순히 말을 들었다. 어머나, 생각했던 것보다 잘 맞았다. 굵은 허리 라인도 겁먹었던 것에 비하면 꼴사납지 않았다. 옷을 그렇게 입으니 어쩐지 다른 사람이 된 것만 같았다.

본격적 일탈은 그다음부터 시작됐다. 옷을 갈아입고 여행을 시작하면서 내가 그렸던 제주도 여행의 모든 밑그림이 깨졌다. 그동안 제주도 여행이란, 슬슬 돌아다니거나 맛있는 걸 먹거나 올레길을 걷는 게 전부였는데, 이번에는 어딜 가나 사진 찍는 것이 메인 이벤트였다.

사실 난 사진 찍는 걸 별로 좋아하지 않는다. 지금까지 찍은 사진들을 보면 멀뚱히 서 있는 게 포즈의 전부다. 아주 적극적으로 포즈를 취하면 손으로 브이나 하트를 그리는 정도. 사진기 앞에 서면 늘 어색했고, 나이 든 모습이 보기 싫어서 풍경만 찍은 지 오래된 터였다.

반면에 친구는 달랐다. 모델 저리 가라 하는 포즈를 취하며 사진을 찍었다. 다른 사람의 시선 따위는 전혀 신경 쓰지 않을뿐더러 나에게도 어찌나 많은 포즈를 가르치며 요구하는지, 그 열정에 따르지 않을 재간이 없었다.

처음에는 얼굴에 경련이 일고, 눈동자는 갈 곳을 잃고, 팔다리는 고장 난 로봇처럼 허우적거렸다. 순전히 친구의 취향과 기분을 맞춰주기 위해 시작한 촬영인데, 하다 보니 재밌었다.

숙소에 들어와 그날 찍은 사진들을 보면서 배꼽을 잡고 웃었다. 대개는 나의 바보스러운 포즈 때문이었다. 마치 말뚱만 굴러가도 웃던 소녀 시절로 돌아간 것 같았다.

예술적인 각도 덕에 실물보다 예쁘게 나와 기분 좋기도 했지만, 무엇보다 사진 속 나를 보고 놀랐다. 지금까지 한 번도 보지 못한 표정이었다. 내게 이런 모습이 있었나 싶을 정도로 편안하면서도 천진한 얼굴이 사진 속에서 웃고 있었다. 저런 얼굴을 꼭꼭 숨기고 살아왔다는 게 어쩐지 미안해질 정도로.

솔직히 고백하건대, 평소의 나였다면 그런 행동을 두고 '주책맞은 아줌마들이 나잇값도 못 한다'라며 혀를 찼을 것이다. 그런 편견의 틀을 깨는 것을 넘어 직접 경험했다는 데서 내겐 일종의 일탈이었다. '내가 하면 로맨스, 남이 하면 불륜'이라고 하지만, 어쨌든 내가 해보니 짜릿한 로맨스였다.

돌이켜보면 왜 이렇게 남의 눈을 의식하면서 안 하는 게 많았나 싶다. 먹고사느라 바빴다는 이유도 있지만, 정상적인 궤도를 벗어나지 않기 위해 너무 용을 쓰며 살았다. 상처 입고 손가락질 받고 욕먹는 게 싫었다. 괜한 짓을 하는 것도 아까웠다.

그런 상황에 나를 던지는 게 두려워서 적당히 안주하며 피했다. 하나를 얻으면 하나를 잃을 수도 있는 건데, 잃는 것이 싫어서 그냥 하지 않는 쪽을 선택했다. 그러니 협소해지고 지루해지고 굳어질 수밖에. 튀지 않고 조심조심 몸을 사리며 살아온 덕을 본 것도 있겠지만, 살아온 삶이 얼굴로 드러나는 나이에 얻은 내 표정은 무채색 그 자체였다.

"악행이라도 저질러라."

『싸울 때마다 투명해진다』라는 책을 보다가 니체가 했다는 이 말에 뒤통수를 맞은 느낌이었다. 가만히 있는 것보다는 나쁜 짓이라도 해야 그 속에서 하나라도 배울 수 있다는 이야기다.

실제로 '경험'은 여러모로 유익하기도 하거니와 결과적으로 넉넉함과 느긋함을 준다. 경험한다는 것은 불확실함 속에 나를 던지는 것이다. 경험의 위험을 택해서 무언가를 잃기보다 안전의 지루함을 택하고 이른 지금, 조금 더 일찍 괜한 짓도 해보고, 망가져도 보고, 나쁜 짓도 해봤더라면 하는 아쉬움이 든다.

제대로 실패할 모험을 자발적으로 감행할 수 있다.
그렇다고 해도 우리의 실존은 절대 실패하지 않는다.

— 레베카 라인하르트, 『철학하는 여자가 강하다』 중에서

조금 더 용기를 내서 상처받고 욕먹는 일도 경험하며 배웠더라면 지금보다는 즐겁고 풍요로운 중년이 됐을 텐데. 무언가를 잃더라도 30대에 경험하며 잃어보는 게 리스크가 적다는 걸, 그땐 몰랐다.

소설가 김영하는 "나에게 여행이란 내가 없어지는 경험 속

으로 뛰어드는 것"이라고 했다는데, 그 말대로라면 난 이번에 제대로 여행했다. 뒤늦은 일탈, 고작 옷 하나 바꿔 입고 장난스러운 사진을 찍은 소소한 일탈이라 해도 그것이 가져온 파장은 크다.

다시 일상으로 돌아와 다짐한 게 있다. 아직 늦지 않았다는 것. 그래서 나는 좀 더 불량해지려 한다. 그동안 나는 너무 진지하기만 했다. 나 자신이 먼저 자유로워야 나 자신은 물론 다른 사람들과의 새로운 시간이 비로소 시작된다는 것을 이제야 깨닫는다. 이제는 그동안 안 해본 것들을 해보면서 지금보다 더 다채로운 삶을 발견하고 싶다.

파격적인 스타일과 포즈의 제주도 사진을 고등학교 친구에게 보냈다. 나와 비슷한 삶을 살아온 친구는 놀란 눈치였다. 그러고는 이렇게 답장을 보내왔다.

"평소에도 그렇게 좀 입고 다녀. 사람이 환해 보이고 좋잖아. 그런데 그 쨍한 노란 롱스커트, 어디서 산 거래? 나도 그런 거 하나 살까 봐."

04

오래오래 정성껏

이런 사람이 한 명쯤은

작년 12월 30일 밤 12시 무렵, 자려고 침대에 누워 핸드폰을 확인하는데 친구에게 카톡이 와 있었다.

'이 시간에 웬일이지?'

뜻밖의 메시지가 떴다.

"방송연예대상을 보다가 너 생각이 났어. 울 소영이 내년엔 상 받는 거 봤으면 좋겠네. 그런 소원 하나 빌어봅니다."

방송연예대상 시상식에서 한 프로그램의 방송작가가 상 받는 것을 보고 보낸 문자였다. 며칠 전인가 만나서 이런저런 이야기 끝에 "이 일을 얼마나 할 수 있을지 모르겠어" 하고 푸

넘 섞인 걱정을 살짝 비친 적이 있는데, 아마 그 말이 마음에 걸렸던 모양이다.

나조차 더 이상 꾸지 않는 꿈. 그래서 입 밖으로 내는 것조차 민망스러운 일을 꿈꾸다니. 너무 오랜만에 들어보는 판타지 같은 격려에 순간 멍해지더니 원인 모를 눈물이 났다.

'뭐지? 이 울컥함은?'

곰곰이 생각해보니, 이런 격려를 받은 지가 오래됐다는 사실을 깨달았다. 이제 무언가를 바라기보다는 현실을 받아들이는 쪽이 자연스러운 나이가 된 탓이다. 사실 공허한 격려보다는 오히려 그쪽이 더 현실적이기도 하다. 주제 파악을 너무 잘하다 보니 꿈꾸고 바라던 것들이 다 손가락 사이로 빠져나가 버렸다.

내가 방송작가로 되돌아가서 그것도 방송연예대상에 수상자로 나와 소감을 말할 확률은 0.1퍼센트나 될까. 그 친구도 그런 현실을 모를 리 없다. 그럼에도 불구하고 나온 격려라는 걸 안다. 그 진심이 판타지일지언정 나는 참 고맙고 따스했다.

2년 전쯤이었던가. 평소 존경하고 좋아하는 분에게서 꽃다발을 선물 받았다. 정확하게 말해 택배로. 그분은 몸이 아파서

꼼짝도 할 수 없는 상황에서 당시 실직과 폐경을 맞아 힘들어하는 나에게 꽃을 보냈다. 꽃다발을 받은 것도 오랜만이지만 택배로 받은 것은 처음이었다.

소영아, 이 꽃말이 뭔지 아니?
꼭 오고야 말 행복.
그 꽃말에 뻑이 가서 '이건 보내야 돼' 하면서 보낸다.

꽃과 함께 보내온 메시지를 읽고 나는 펑펑 울고야 말았다. 누군가 나의 행복을 이렇게 간절히 바라고 있다는 건 목이 메도록 고마운 일. 나름 '행복이 별건가, 하루하루 만족하면서 사는 거지'라며 잘 살고 있다고 생각했는데, '꼭 오고야 말 행복'이 도착하는 순간 별스럽게 눈물샘이 툭 터져버렸다.

판타지성 격려를 보내온 친구는 고등학교 동창. 꽃다발을 택배로 보내온 분은 교회학교 교사로 만난 띠동갑 선생님. 내가 살아온 삶을 알고 있고, 내 속을 수도 없이 들어왔다 나간 속 깊은 사람들이다. 나의 모남과 고집스러움, 예민함을 품고, 내가 갖고 있는 장점을 더 크게 봐준 '내 편'이다. 그래서 별스럽지 않게, 어느 순간 툭 하고, 가장 깊은 곳을 건드리는 위로

를 건넬 수 있었으리라. 덕분에 나는 또 살아낼 용기를 얻었다.

내가 포기한 것을 대신 붙들고 있어 주는 사람들. 내가 잘되기를 진심으로 바라는 사람들. 내 행복을 기원해주는 사람들. 살아가면서 이런 사람, 한 명쯤은 있어야 하지 않을까. 그래서 가끔은 멈춰 서서 질문한다.

'나는 누구에 기대어 있는가, 내게 기대고 있는 사람은 누구인가.'

결혼한 친구와의 우정

20대에 '베프'였던 친구는 27살에 결혼해 28살에 첫 아이를 낳았다. 이듬해에는 둘째를 연년생으로 낳아 2년 사이 두 아들의 어머니가 되었다. 아이가 예쁘기도 하고, 혼자 육아를 감당해야 하는 친구가 안쓰럽기도 해서 나는 틈이 나면 친구네 집에 가서 집 정리를 해주기도 했고, 아이들과 놀아주기도 했다. 그런데 어느 날인가부터는 항상 에너지가 넘쳤던 친구의 얼굴에 무표정이 늘어갔다.

"아이들한테 화를 내고 나면 내가 괴물같이 느껴져."

친구가 했던 말이 오랫동안 기억에 남았다. 아이가 말을 안 들으면 화를 낼 수도 있는 건데 저렇게까지 자괴감을 느낄 일인가 싶어서. 그땐 잘 몰랐다. 그게 어떤 감정인지.

친구네서 일찍 퇴근하는 친구 남편과 셋이서 저녁을 먹기로 한 날이었다. 친구 남편과도 결혼 전부터 친한 사이였다. 그런데 집에 들어온 친구 남편의 얼굴이 굳어 있었다. 나에게 인사를 하는 둥 마는 둥 하고는 안방으로 들어가 버리더니 한참 뒤에야 나왔다. 무안하기도 하고 눈치도 보여서 저녁을 안 먹고 도망치듯 집을 나왔다.

'내가 눈치 없이 자주 갔나.'

'너무 늦게까지 있었나.'

그날 친구 남편이 왜 그리 서늘하게 굴었는지를 두고 별별 생각이 다 들었다. 며칠 뒤에 친구와 통화하면서 알게 된 이유인즉, 깔끔쟁이 남편은 퇴근하고 돌아온 집이 엉망인 것을 보고 짜증이 났다고 했다.

"아니, 아이 둘을 키우는데 남편 퇴근 시간에 맞춰서 청소까지 해놔야 하는 거야?"

내가 뭐라고 하자, 친구는 그 말이 싫었는지 입을 다물어 버렸다.

결혼하고 아이를 낳은 친구들을 옆에서 지켜보면서 솔직히 이해하기 어려운 순간들이 많았다. 만날 때마다 몸은 분명 나와 있는데 영혼은 다른 데 있는 듯한 느낌. 맥락 없는 대화, 점점 잦아지는 불평, 그리고 난데없이 튀어나오는 "너는 (결혼 안 해서) 좋겠다"는 말.

온통 관심이 아기에게 향하면서도, 그 존재에 매여 있는 스스로를 답답해하는 친구들을 보며 나는 적절한 위로와 공감의 말을 떠올리지 못했다. 내가 경험하지 못한 영역이라 완전히 공감하는 데는 한계가 있었고, 잘 모르면서 함부로 이해한다고 말하기도 싫었기에 그냥 맞장구만 쳐주었다. 게다가 그들에게 육아가 그랬듯, 나도 내 몫의 사회생활을 견디느라 힘든 시기였으므로. 점점 공통분모가 사라지고 공감할 접점이 줄어들면서 자연스레 연락이 뜸해졌다.

더 솔직히 이야기하자면, "넌 좋겠다, 편하잖아. 얼마나 자유로워. 돈 걱정 안 해도 되잖아"에서 시작된 부러움이 "넌 절대 결혼하지 마"로 이어지는 훈수가 잦아지면서는 어쩐지 마음이 불편해진 탓도 있다. 생각해보면 그렇게 멀어진 친구들이 얼마나 많은가.

비슷한 이유로 오랜 절친인 A와도 의절할 뻔한 적이 있다. 늦게 결혼한 A는 좀 다를까 싶었는데, 내가 실연과 실직으로 힘들어할 때 A는 모든 결론을 "그러니까 혼자 사는 게 제일 편해. 넌 절대 결혼하지 마"로 내렸다.

그때 A는 워킹맘으로 힘든 시기를 보내고 있던 터라 자신의 심리가 나를 통해 그런 방식으로 투사되었던 것이다. 그러면서도 뒤돌아서서는 자기 아이가 예뻐서 어쩔 줄 몰라 하는 모습을 보고 있노라면 오만 가지 생각이 들곤 했다.

아이에 대한 애정과 별개로 A는 나의 마음까지 헤아리기엔 결혼 생활이 팍팍했고, 아무에게도 이해받지 못한 노동에 지쳐 있던 시기였다. 또 나름 사회생활을 잘하던 직장 여성이었는데 집에서 "그것밖에 못하냐"라는 남편의 타박을 들으며 자존감에 균열이 일어난 것 같았다.

나는 그런 친구의 사정을 어렴풋이 알면서도 '넌 결혼을 안 해봐서 모르겠지만' 뉘앙스 가득한 말들이 어쩐지 야속하고 서운했다. 그때 우리는 우정을 지키기 위해서는 솔직하게 속내를 털어놓아야 한다는 걸 알았다. 다행히 '결혼'과 '출산'이라는 고비를 넘어 '결혼을 안 해봐서 모르는' 혹은 '결혼을 해봐서 모르는' 간극을 인정하며 우정을 나누고 있다. 하지만 틈을 좁히지 못한 채 멀어진 친구들이 훨씬 더 많다.

여성에게 30대는 여러모로 분수령이 된다. 결혼한 친구와 결혼하지 않은 친구들의 삶은 확연하게 갈렸다. 당연히 인간 관계도 바뀌었다. 내가 처한 환경에 따라 관계의 지형이 바뀌는 건 당연한 이치. 그래도 지키지 못한 몇몇 친구들은 아쉬움이 느껴진다.

30대의 나는 결혼과 양육으로 힘든 친구들의 변화를, 더 이상 주체적인 개인으로 살 수 없는 좌절과 우울감을 잘 이해하지 못했다. 그들이 막연하게 비혼의 삶을 자유로 봤던 것처럼 나도 그들의 '며느리, 아내, 엄마'라는 역할 변화에 따른 삶과 존재의 균열을 그저 결혼하면 거치는 '당연한' 진통쯤으로 여겼다. 그렇게 불만이면 솔직하게 말하고 바꾸든가, 했지만 사실 그게 휴직계나 사표를 낼 때와는 차원이 다른 용기가 필요하다는 걸 그땐 몰랐다.

영화 〈82년생 김지영〉을 보고, 슬그머니 미안해졌다. 자기 자신을 잃어버린 듯한 상실감과 다시는 과거로 돌아갈 수 없을 것 같은 두려움. 영화 속 대사를 보며 과거의 나를 반성했다. (나는 겪지 않았으면서) 남들 다 하는 거 왜 유난인가 하는 마음이 손톱만큼은 있었고, (나는 비혼이라고 함부로 편하고 자유로운 존재로 규정되는 걸 싫어하면서) 남편, 자식 다 가졌으면서 자유까지 바라나 하는 마음도 발톱만큼 있었다. '결혼하면 왜 다 똑같아지나' 하면서 일반화하기도 했다. 그러면서 친구가 넋두리를 할라치면 속으로 '너만 힘드냐? 나도 힘들다'라며 무의미한 불행 배틀을 벌이기도 했다. 내가 겪지 않은 불행과 공포에 무지했던 것이다.

그나마 희망적인 건, 언제부터인가 김지영들의 목소리가 커졌다는 점이다. 〈82년생 김지영〉이 사회적 신드롬을 일으키는 것이 신기하고 감사하다. 나는 이런 신드롬이 하나의 변곡점이 되어 더 많은 여성이 자기 목소리를 내고, 더 나은 삶을 위해 일보 전진하게 할 것이라 믿어 의심치 않는다. 실제로 몇 년 사이, 출산과 양육을 위한 정책들이 매우 적극적으로 만들어지고 실행되는 것만 봐도 그렇다. 아직 갈 길이 멀다 해도 유의미한 변화다.

실제로 양육과 가사의 짐으로부터 가벼워진 친구들은 훨씬 여유를 찾았고, 다시 일하기 시작한 친구들은 생기가 돌았는데, 그들의 변화는 분명 나와의 관계에도 큰 영향을 미쳤다. 여성이 자신의 이름을 찾는 일이 일부 여성의 자아 찾기나 그들만의 자유, 행복을 위한 일이 아닌 이유다.

아마 이런 변화가 낯선 사람도 있을 것이다. 중산층 여성으로 그만 하면 살만한 수준인데 왜 그리 난리냐고도 한다. 그렇다면 이런 질문이 가능하다. 살만한 사람은 괴롭고 힘든 일이 있어도 입 꾹 다물고 살아야 할까? 동의할 수 없다. 그건 내 경우엔 '넌 비혼이라 편하고 자유로운데 뭐가 불만이냐'라는 시선과도 맞닿아 있기 때문이다. 그래서 표현조차 못 하거나 끽소리라도 할라치면 배부른 소리 취급받아서 꾹꾹 눌러 담은 눈물은 얼마나 많았던지. 어떤 삶이든 고민과 고충, 고통이 있기 마련이고, 누구든 그걸 말할 수 있어야 건강한 사회 아닐까. 그래야 조금씩 전진할 수 있는 것 아닐까. 그러기 위해 나도 내가 서 있는 자리에서 낼 수 있는 목소리를 내야겠다고, 부지런히 써야겠다고 다짐한다.

글을 쓰다 보니 수많은 사람이 밀물과 썰물처럼 들고났지만 특히 결혼 이후 연락이 끊긴 친구들이 생각난다. 그들은 출산과 양육을 하는 동안 떠나간 비혼 친구들을 어떻게 기억하고 있을까. 그들 옆에 있는 비혼들을 지금은 어떻게 바라보고 있을까. 문득 궁금해진다.

서툰 하트

교회에서 만나 친하게 지내던 선생님이 루게릭병에 걸렸다. 그녀의 나이 58세. 사업이 망한 뒤로 밖으로만 겉도는 남편 대신 힘겹게 가장 역할을 하다가 맞은 날벼락이었다. 진단받은 이후로 병은 빠르게 진행되어 왼팔이 마비되기 시작했다. 불행 중 다행으로 선생님 친구 중에 부산에서 재활병원을 하시는 분이 있어 그곳으로 내려가셨다.

하루는 시간을 내서 선생님을 뵈러 갔다. 이런저런 수다를 떨다가 자연스레 가족 이야기가 나왔다. 아들 두 명이 자주 찾아오느냐고 묻자, 선생님은 부산에 내려오던 날 있었던 일을 말씀해주셨다.

얼마 전에 아빠가 되고 회사 일까지 바빠진 큰아들은, 없는 시간을 쪼개서 선생님을 서울역까지 차로 바래다주었다. 열차 출발 시간 8분 전쯤, 플랫폼에 도착한 선생님은 그제야 차에 목 베개를 놓고 내린 걸 깨달았다. 아들은 얼른 가져오겠다고 했지만, 시간이 안 될 것 같아서 선생님은 괜찮다고 하며 열차에 올라탔다.

그런데 출발 직전, 뻘게진 얼굴로 헉헉거리며 선생님 앞에 다시 나타난 아들. 그의 손에는 목 베개가 들려 있었다. 몸이 불편해진 엄마가 4시간 동안 조금이라도 편하게 가라고 그 먼 주차장에서 플랫폼까지, 게다가 열차의 마지막 칸까지 전력으로 달려온 거였다.

"와이셔츠는 다 젖고 얼굴은 땀범벅이 되어 베개를 들고 서 있는 거야. 난 그 장면을 죽을 때까지 잊지 못할 거야."

아마도 그 순간은 선생님에게 마지막까지 삶을 버티게 해주는 기운이 될 것 같았다.

선생님을 만나고 서울로 오는 열차 안. 열차가 출발할 때까지 멍하니 창문 밖을 보고 있었다. 그러다 내 쪽을 보면서 서성거리고 있는 백발 할머니를 발견했다. 누군가를 배웅하는

모양이었다. 시간이 지나도 안 가고 열차 안을 연신 보시는 게 신경 쓰여서 할머니가 바라보는 쪽을 목 운동하는 척하며 슬쩍 쳐다봤다.

플랫폼 반대쪽에 앉은 한 중년 여성이 할머니와 눈을 맞추고 있었다. 엄마와 딸인지, 아니면 뭔가 사연을 갖고 있는 관계인지 알 수 없지만 남다른 애틋함이 느껴졌다. 드디어 열차가 덜컹하고 움직이기 시작했다.

그러자 백발 할머니가 좀 쭈뼛하더니 두 팔을 머리 위로 올리신다. 첨엔 뭐 하시는 건가 했는데 가만히 보니 하트였다. 자세히 봐야 하트인 줄 알 수 있는, 수줍고 서툰 하트. 나도 모르게 중년 여성 쪽을 봤다. 그녀는 목을 있는 힘껏 빼서 고개를 크게 끄덕이고 있었다. 당신 마음 다 안다는 듯이. 나는 얼른 시선을 돌렸다. 주책없이 목이 메어와 공연히 헛기침을 하며 속으로 애먼 하트 탓을 했다.

'어쩌자고 저 하트는 저리 처연하고 따뜻하고 예쁜 것이냐. 훔쳐본 사람 감당 안 되게…'

엄마를 위해 전력 질주하고 나서 땀범벅이 된 아들, 백발의 할머니가 손으로 만든 하트 인사. 서울로 오는 내내 두 장면이 머릿속에서 떠나질 않았다.

죽은 사람들이 7일 동안 머무는 중간역 림보를 무대로 한 고레에다 히로카즈 감독의 영화 〈원더풀 라이프〉는 이런 질문을 던진다.

　"이승을 떠날 때 꼭 가져가고 싶은 한 가지 기억은 무엇입니까?"

　소중한 사진을 간직하듯 이 세상을 떠날 때 아름다운 기억을 꼭 하나만 가져갈 수 있다면 어떤 기억을 가져갈까 곰곰이 생각해봤다. 죽을 때 가져가고 싶은 기억이 별것일까. 수줍은 하트에 담긴 마음이 진동하던 순간, 나를 위해 누군가 전심으로 달려와 준, 혹은 내가 누군가를 위해 전력 질주한 경험, 아마도 그런 것들 아닐까.

오래오래 일하고 싶은 사람

직업상 다양한 사람을 접촉하면서 살았다. 30대에는 잡지사 편집 기자로 사람들을 취재하고, 다양한 사람에게 글을 청탁하고 편집하는 일을 했다. 40대에는 방송작가로 맡은 프로그램에 따라 사람들을 발굴하고 섭외하는 게 주된 일이었는데, 동시에 가장 어려운 일이기도 했다.

섭외를 하기 위해서는 남다른 과정이 필요하다. 요즘에는 SNS가 있어서 접근이 좀 쉬워졌지만, 전에는 연락처를 알아내는 것 자체가 일이었다. 어렵사리 알아내도 다 통화가 되는 것도 아니고 기다림의 과정이 필요하다. 한 번에 섭외가 잘될 때도 있는가 하면, 막혀서 내내 속을 썩이는 경우도 있다. 될지 안 될지 알 수 없는 상황에서 시간은 흘러서 마감이나 방송일이 다가오면 목이 조여 오는 느낌이 든다. 그땐 모든 일상이 멈춰버린다. 그야말로 똥줄이 타는 시간이다. 그러다 천신만고 끝에 섭외에 성공했는데, 공교롭게 진행자와 시간이 안 맞아서 파투가 난 경우도 있었다. 그럴 땐 머리에서 김이 난다.

한창 섭외가 안 풀리던 때였다. 섭외를 하기 위해 다른 방송사에 전화했는데 나와 통화한 제작진이 먼저 그분에게 연락해 허락을 받은 다음, 나에게 연락처를 알려주었다. 넌지시 그분이 출연하실 것 같다고 전하면서. 그 말을 듣는 순간, 수화기에 대고 연신 허리를 굽혀 고맙다고 했다.

"섭외가 얼마나 어려운지 우리는 다 알잖아요. 아는 처지끼리 도와야죠."

이심전심. 그분은 똥줄 타는 그 마음을 확실하게 알고 있었다.

원고 청탁이든 인터뷰든 누구를 선택하느냐에 따라 승패가 좌우된다. 덕분에 사람 보는 눈이 나름 생겼다. 그렇다고 해서 내가 사람을 잘 본다는 뜻은 아니다. 내 판단을 뒤집는 일은 비일비재하게 일어나므로. 또 사람은 한 가지만 보고 판단할 수 없는 여러 면을 지니고 있으므로. 다만, 많은 사람이 스쳐 지나가서 쉽게 잊어버리게 되는 환경 속에서도 기억에 남는 사람들은 있다.

첫 번째는 잘 거절하는 사람이다. 방송계에 있는 사람들은 늘 새로운 사람을 찾는다. 물론 새롭기만 해서는 안 된다. 뻔한 이야기 말고, 좀 더 재밌거나, 좀 더 명료하거나, 좀 더 획기적으로 말해줄 수 있는 사람에 늘 목마르다. 그래서 사람을 찾는 일이 가장 중요하고, 그런 사람들을 컨택하기 위해 애를 쓴다. 그러다 보니 그만큼 많은 거절을 당한다. 소심한 나로서는 아무리 일이라 해도 거절당한다는 게 아무렇지 않지는 않다.

거절당함이 쌓이면 주눅이 들기 마련이다. 지금이야 문자도 있고 메일도 있지만 직접 전화를 해서 섭외를 하거나 청탁을 해야 할 때, 거절당하고 혼자 무안해서 얼굴이 벌게진 적이 많다.

"내가 그 프로그램에 나가야 할 이유를 못 찾겠어요. 저를 설득해보세요."

이렇게 말했던 교수도 있다. 전화기 너머 들리는 교수의 싸늘한 말에 잠시 멍했다. 얼른 정신을 차리고 설명을 덧붙였지만, 결과는 거절이었다. 내 섭외 역사상 가장 기분이 묘했던 거절이다. 그냥 거절도 아니고 자신을 설득해보라는 도전에 나름 애를 썼다가 실패. 거절감에 실패감까지 얹어졌으니 기분이 좋을 리 없었다.

한편으로는 그냥 거절할 수도 있었는데 출연에 대한 당위성을 찾고 싶었던 그 교수님 방식의 테스트였던 것 같다. 일단 들어보고 자신의 시간을 투자해서 그만큼의 효용 가치가 있는지를 따져보자는 생각이었을 테니 나름 합리적이라고 생각한다. 그러나 무안한 건 무안한 거다. 내 생애 가장 무안한 거절이었다.

다른 편에서 기억에 남는 사람은 이슬아 작가다. 《일간 이슬아》라는 획기적인 구독 서비스로 그녀가 한창 주목받기 시작했을 때, 섭외하기 위해서 메일을 보낸 적이 있다. 메일을 확인하고 다음 날 답신 메일이 왔다.

보내주신 메일 감사히 받았습니다. 제 활동에 관심 가져주시고, 이렇게 섭외 제안 메일 주셔서 고맙습니다. 그런데 제가 지난 세

달간 《일간 이슬아》 관련해서 서른 번 가까이 인터뷰를 하느라 이미 하고 싶은 말을 다 해버렸습니다. 더 이상 인터뷰에 응하는 건 그저 동어반복일 것 같아 잘 힘이 나지 않습니다. 유의미하고 새로운 이야기를 더 할 수 있도록 꾸준히 창작 활동을 계속해나 가야겠습니다. 언젠가 또 좋은 기회로 뵐 수 있도록 부지런히 쓰고 생계도 유지해보려고 합니다.

이토록 담백하고 진솔한 거절이라니, 신선했다. 무안함보다 고개가 끄덕여지는, 그녀의 다음 행보를 응원하게 되는, 다음에 꼭 다시 섭외에 도전하고 싶게 만드는, 인상적인 거절이었다. 그 이후로 나는 그녀의 팬이 되었다.

기억에 남는 두 번째는 약속을 잘 지키는 사람이다. 잡지든 방송이든 둘 다 마감이 있다. 하루도 미룰 수 없는 게 바로 마감이다. 이런 생리를 몰라서인지, 아니면 알고도 남의 일이어서인지 마감을 잘 안 지키는 사람들이 꽤 있었다. 이럴 때도 똥줄이 탄다. 그러면 얼른 그다음을 준비해야 하는데, 쉽지 않다. 나중에는 여분의 원고를 받아놓기도 했지만, 사실 그건 필자에게는 실례가 될 수도 있다.

시간을 지키는 것이 중요한 일이다 보니, 말하지 않아도 약속을 잘 지키는 사람, 까다롭더라도 정확하게 일하는 사람이 가장 좋다. 그런 사람과는 오래간다.

한 유명 잡지의 편집장이 2년 정도 연재를 했는데 항상 마감 전날 원고를 보내곤 했다. 한 번도 어긴 적이 없었다. 그것도 항상 고품질의 글을. 편집부원 모두 엄지손가락으로 꼽는 필자였다. 반면에 요구 사항은 많고 까다로운데 막상 글이나 방송이 실망스러운 경우도 있다. 이러려고 나를 그렇게 달달 볶았나 싶은 게 허탈하기까지 하다. 욕심과 의욕만 넘치는 경우다. 반면에 어떤 분은 미리 보낸 질문지에 빼곡하게 답변을 달아서 보내주시기도 하고, 방송 직전까지 자신의 의견을 꼼꼼하게 체크하시는 분도 있다. 이런 꼼꼼함과 까다로움은 언제든지 환영이다.

출연자 중에는 검토하고 연락을 주겠다고 하고는 끝내 답변이 없는 경우도 많고, 출연을 약속했다가 펑크를 내거나 자신의 사정에 맞춰 변경을 요구할 때도 있다. 그럴 때도 태도가 보인다. 시간이 남아돌아서 방송 출연을 하는 사람은 없다. 자신의 일을 하는 사람들이 시간을 쪼개서 출연하는 경우가 대부분이다. 바쁜 와중에도 성실하게 답변하고, 약속한 바를 지키려 애쓰는 모습이 보이는 사람. 그리고 제작진이 미안할 정도로 성심껏 준비해주는 사람은 두고두고 고맙고, 그 마음이 오래간다.

실력만큼 중요한 것이 태도다. 아니, 태도도 실력이다. 태도는 정말 많은 말을 한다. 그 사람의 글보다, 말보다 훨씬 더 많은 메시지를 전하고 그에 대한 인상을 만든다.

이 바닥 생리가 돌고 돈다. 어느 곳인들 안 그럴까. 어차피 다 자기 필요에 의해서 서로를 세련되게 잘 이용하는 게 우리가 사는 정글이다. 그래서 양육강식의 논리가 지배하고, 소모품 취급을 당하기 쉬운 곳이지만, 그럼에도 불구하고 어디든 진주 같은 사람들은 있기 마련이다. 그런 사람들 덕분에 이 일을 하는 맛이 난다.

아직은 괜찮을 때

부모가 늙어갈 때 우리를 기다리는 건 당혹감이다. 내가 30대 때만 해도 엄마는 할머니티는 났어도 건강한 편이었고 나름 내 보호자 역할을 하기도 했다. 그러나 마흔을 넘기면서는 상황이 역전되었고, 엄마의 건강이 예전 같지 않아지면서 2년 전 나는 엄마 집으로 다시 들어왔다. 원래부터 엄마가 혼자 살기 어려우면 내가 모시고 살아야겠다고 생각해왔던 터라 별 고민이 없었다.

그러나 엄마와 함께 지낸 2년 동안 그런 안일한 생각들이 무너졌다. 긍정 여왕이었던 엄마가 '우리 엄마 맞나?' 싶을 정도로 자주 투덜거렸다. 맛있는 음식점에 모시고 가도 "별로네, 짜다, 맵다" 하며 김을 빼기 일쑤였다. 엄마는 작은 일에 서운해하기도 했다. 엄마를 바라보면 애처롭고 안타까운 마음과 동시에 잔소리하고 짜증 내게 되는 양가감정이 들곤 한다. 엄마와의 관계가 좋기로 둘째라면 서러울 정도였는데, 엄마와 나 둘 다 나이가 드니 조금 달라졌다.

자식의 도리를 다하는 과정에는 곳곳에 지뢰가 숨어 있었다. '얼마나 사신다고, 잘해드려야지' 하면서 마음을 다잡지만, 갈등과 번뇌는 반복되고 나는 종종 못된 자식이 된 것 같은 심리적 범죄자가 되고 만다.

엄마가 잠자리에 들고 나 혼자가 된 밤이면, 여러 생각이 든다. 엄마와의 시간이 많지 않은 지금, 단순히 엄마와 사이좋게 지내는 것 외에 나는 무엇을 준비해야 할까. 엄마와 둘이 지내는 지금의 이 환경은 우리 모두에게 좋은 것일까. 만약 엄마가 거동을 못 하게 되거나 치매에 걸린다면 나는 내 생계를 접고 돌봄 노동을 해야 할까. 그리고 비혼인 내가 나이 들어서 누군가의 돌봄이 필요한 상황이 된다면 그땐 어떻게 해야 하나.

아직 일어나지 않은 일을 미리부터 걱정하느냐고 할 수도 있겠지만, 내 나이 오십, 엄마 나이 팔십이라면 더 이상 먼 미래의 이야기가 아니다. 그러나 어디서부터 어떻게 준비해야 맞는 것인지 도통 감이 오지 않았다. 현실적인 조언과 대책이 필요했다.

그러던 차에 80세 생일 이후 급격히 쇠약해진 엄마와의 이야기를 엮은 독일 작가의 책 『엄마, 조금만 천천히 늙어줄래?』가 많은 도움을 주었다. '아직은' 괜찮을 것 같은 엄마가 쓰러지고 나서 세 남매가 병원, 보험, 요양원을 두루 거치며 겪는 험난한 여정의 이야기는 우리의 이야기와 너무나 닮아 있다.

과거에는 '모시고 사는 것'이 '효'라는 생각에 요양원에 모시는 것은 '불효'라는 인식이 있었지만 이제는 생각이 많이 바뀌었다. 요양원은 절대 싫다던 엄마도, 얼마 전에는 느닷없이 집을 팔아서 작은 집으로 옮기고 요양원에 들어갈 돈을 마련해 놔야겠다고 하셔서 우리를 놀라게 했다. 나쁘지 않은 생각이지만, 문제는 엄마의 마음과 말이 왔다 갔다 하신다는 점이다. 왜 저러시나 하고 생각하다가 깨달았다. 누구보다 자신의 죽음에 대해 많이 생각하는 엄마는 어떻게든 자식들한테 폐가 되지 않으려고 나름의 대책을 강구하고 계신 것이다. 당혹스럽긴 해도 엄마의 생각들은 꽤나 현실적이다. 현실적이지 못한 건 오히려 나였다. 나는 엄마와 좋은 추억을 쌓고, 잘해드리는 것에만 신경을 쓰고 있었다.

엄마는 작년 한 해, 예년에 비해 많이 아팠다. 몸이 힘드니 짜증도 자주 냈고, 나에게 잔소리를 듣고는 서러워하기도 했다. 그래도 여전히 엄마는 일주일에 세 번 아쿠아로빅을 다니고, 정기검진 날짜를 꼬박꼬박 챙기며, 이웃들과 명랑하게 지내신다. 그렇지만 엄마는 지금과 같지 않을 것이다.

그 책을 읽으며 현실적이고 구체적으로 엄마와 나의 미래를 생각하며 이야기를 나누게 되었다. 엄마가 지금보다 더 약해졌을 때 어떤 일들이 일어날지, 거동이 힘들어지면 어떻게 돌보아야 할지, 금전적인 문제를 포함해서 좀 더 깊게 생각하게 되었다.

엄마가 갖고 있는 노후 자금은 엄마의 정신이 괜찮은 한 끝까지 갖고 있으라고 했다. 혹여나 우리가 정신이 나가서 엄마에게 손을 벌려도 독한 마음 먹고 주지 말라고 당부했다. 엄마가 거동이 힘들어질 때 나 외에 누군가의 힘을 빌리기 위해서는 재정적인 뒷받침이 필수인 까닭이다. 나도 그런 의미에서 치매간병보험에 가입했다.

이것은 누구나 꼭 이수해야 할 필수과목 같은 과정이다. 내 부모의 일이기도 하지만, 빠른 속도로 다가오는 내 문제이기도 한 까닭이다.

그렇지 않아도 몇 주 전부터 엄마가 '사전연명의료의향서'를 쓰겠다며 근처 국립연명의료관리기관에 가자고 부탁하신 게 생각났다. '사전연명의료의향서'란 자신이 나중에 임종 과정에 있는 환자가 되었을 때를 대비하여 연명의료 및 호스피스에 관한 의향을 직접 문서로 작성해두는 것이다. 내친김에 엄마와 함께 병원에 가서 나도 작성했다. 이상할 줄 알았는데 죽음을 위해 한 가지 준비를 마쳤다고 생각하니 의외로 마음이 가볍기도 하고 든든하기도 했다.

부모의 '죽음'의 과정을 준비한다는 건 불안하고 슬프고 불편하다. 하지만 크게 일렁거리는 감정의 파도가 지나고 나면 한 발 떨어져서 바라보는 여유가 생긴다는 것을 이번에서야 배웠다.

작년에 엄마는 핸드폰을 개통했다. 길에서 무슨 일 당할까봐 걱정된다고 해도 버티시더니 이제 본인 몸에 자신이 없어서인지 슬그머니 항복하셨다. 그러더니 언제 고집을 부렸냐

싶게 문자를 보내고 강아지 사진을 찍으신다.

"이것 좀 봐봐. 내가 오늘 강아지 사진 찍었다."

엄마가 핸드폰을 나한테 넘기며 보여준다.

처음에는 사진 찍는 버튼을 찾는 것도 시간이 걸렸는데, 요즘은 꽤 괜찮은 작품이 나온다.

"우와, 엄마. 이거 작품이다, 작품. 너무 잘 찍었네."

엄마는 나의 칭찬에 세상을 다 얻은 듯한 표정을 짓는다. 자신감이 붙으셨는지 사진을 찍는 횟수가 점점 늘어난다. 얼마 전 함께 산책을 나갔다가 활짝 핀 꽃들을 보더니 엄마가 주머니를 뒤지며 한마디 하신다.

"에이. 핸드폰을 깜빡했네. 저거 찍었어야 했는데."

내가 다음에 와서 찍으면 된다고 하자 "다음에 오면 다 져 있을걸" 하며 아쉬워하셨다.

그런 모습이 귀엽기도 하고, 한편으론 엄마의 아쉬움이 진하게 다가오기도 한다. 엄마에게서 '다음'이라는 것이 점점 줄어들고 있는 요즘, 엄마와 하는 모든 것들이 소중하게 느껴진다. 앞으로 이런 시간이 몇 번이나 반복될지 전혀 알 수 없어서이다. 신이 난 엄마의 모습을 보며 생각한다.

"엄마, 조금만 천천히 늙어줄래."

춤이 안 춰질 땐

마흔을 넘기면서는 확실히 몸이 달라졌다. "마음은 아직 청춘 인데 몸이 안 따라온다"라는 군내 나는 말을 내 입으로 하게 된 게 바로 이때쯤이다. 며칠 야근해도 아침이면 벌떡 일어날 만큼 체력이 좋았는데 점점 무거워지더니 마흔 중반에 이르 자 더 이상 그런 아침은 나에게 오지 않았다.

컨디션은 떨어지고 몸 여기저기 삐걱거리더니 병원을 찾는 일이 잦아졌다. 예전 같지 않은 몸을 느낄 때마다 공연히 서 러워지고 당혹스러웠다. 한 번 아파본 사람은 안다. 몸이 정신 을 지배하는 비중이 꽤 높다는 걸.

나만 이런 건 아니다. 재작년에 친구는 허리가 너무 아파서 병원에 갔다가 퇴행성 디스크라는 진단을 받았다. 이제 몸이 퇴행하고 있다는 공식적 선언을 듣고 늘 긍정적이던 친구는 한동안 의기소침해했다.

"벌써 퇴행이라니, 하고 생각해보니 그럴 나이더라. 운동 좀 할걸."

운동과 담쌓아왔던 친구는 그 후로 PT를 받기도 했고, 지금은 요가를 하고 있다.

나도 다르지 않았다. 컴퓨터 앞에서 작업하는 시간이 많다 보니 허리와 어깨 통증은 만성 수준이었다. 몸 여기저기가 쑤시고, 특히 밤에는 등이 너무 아파서 깨기 일쑤였다. 몸이 아프니 생체 리듬, 생활 리듬까지 무너져버렸다. 정형외과에 가서 검사를 받아본 결과, 목 디스크에 척추 측만이었다. 어느 사이엔가 내 몸은 한심한 상태가 되어 있었다.

이쯤 되면 운동이 선택이 아니라 생존을 위한 필수가 된다. 어떤 운동을 해야 할지 찾아야 하는데 마음 가는 게 없었다. 달리기를 하자니 체력이 달리고, 등산을 하자니 시간이 너무 많이 필요하고, PT를 하자니 돈이 너무 많이 들었기 때문이다.

정적인 운동을 안 좋아하긴 하지만 어쩔 수 없이 요가와 필라테스를 선택했다. 역시 수영과 마찬가지로 뻣뻣한 내 몸은 아무리 해도 나무토막이었다. 선생님 말로는 내 몸이 앞쪽으로 많이 굽었기 때문에 시간이 필요하다고 했지만, 반년이 넘어도 제자리걸음인 내 몸뚱이는 해도 해도 너무한 수준이었다. 슬그머니 눈치가 보였고, 그래서 슬그머니 그만두었다.

이런저런 운동에 실패하고 만난 게 춤이다. 마흔 중반 난 탱고에 도전했다. 춤은 대학교 졸업 여행 때 단체로 간 디스코텍에서 춘 게 마지막이었던 내가 탱고에 도전한 건, 더 늦기 전에 꼭 하고 싶었던 걸 해보고 싶어서였다. 또 춤이 좋은 운동이 된다는 말에 더 혹하기도 했다.

몸 따로 마음 따로는 여전했지만, 다행히 예상외의 즐거움을 발견했다. 일 년 동안 꾸준히 배우며 내 몸은 탱고를 아는 몸이 됐다. 꽤 재미를 붙였음에도 불구하고 딱 일 년을 배우고 탱고를 그만두었다. 갑자기 이사를 하게 되면서 탱고 클럽까지 가는 교통편이 불편해지기도 했고, 더 이상 나아가지 못하고 제자리에 머무는 내 몸뚱이에 실망해서 '그럼 그렇지' 하고 의욕을 잃어버린 탓이다.

그러다 다시 춤을 춘 건 대중문화 평론가 이영미 선생님 덕분이었다. 50대 후반에 춤에 입문해서 이런저런 사교댄스를 시도하며 인생운동으로 삼았다는 선생님의 이야기를 쓴 책 『인생운동을 찾았다!』를 통해 접하면서 다시 혹하는 마음이 생겼다. 마침 내가 작가로 일하고 있는 방송 프로그램에 선생님을 모시게 되어 사심을 품고 물어보았다.

"재밌어서 배우고는 싶은데 중간에 안 늘고 정체되는 기간이 있어요. 안 느니까 재미를 잃어버리고 자꾸 포기하게 되던데, 그럴 때는 어떻게 하면 되나요?"

선생님의 진단은 간단했다.

"그러면 포기하고 다른 춤을 배우면 되죠."

포기하는 건 실패가 아니고 다른 걸 찾아가기 위한 과정이라는 말에 무거운 진지함이 사라지고 마음이 명랑해졌다.

그 뒤로 바로 근처에 있는 문화센터에서 솔로 라틴댄스 초급반에 수강 신청을 했다. 다들 초보일 테니 편하지 않을까 싶었는데 교실에 딱 들어서는 순간, 아차 싶었다. 수강생의 화려한 무도복들이 눈앞에 펼쳐졌다. 가만 보니 라틴댄스용 구두도 다들 신고 있었다. 분명 안내에는 동작이 편한 옷, 외부에서 신는 신발만 아니면 된다고 했는데, 이럴 수가. 수영장에 수영복 없이 간 것처럼 당황스러웠다. 편한 티셔츠에 실내

운동화를 신고 온 사람은 나와 30대로 보이는 여성, 딱 두 명 뿐이었다. 우리 둘은 누가 먼저랄 것도 없이 본능처럼 나란히 섰다. 알고 보니, 다른 수강생들은 지난 몇 달 동안 같은 수업을 들어온 회원들이었다. 동작이 쉽지 않다 보니 익힐 때까지 하면서 옷과 구두까지 마련한 눈치였다.

완전히 쭈그러든 상황에서 수업이 시작됐는데, 역시나 춤은 진리다. 어색함은 어느새 사라지고 즐거움 세포들이 살아나기 시작했다. 한 시간을 추고 나면 땀이 쫙 빠진다. 다리에도 근육이 붙는 걸 느낀다. 기분 좋은 활기가 온몸에 차올라서 무엇이든 할 수 있을 것 같은 파이팅도 생긴다. 그래서 지금까지 나는 기존 여성 부대의 막강한 기세에도 불구하고 찰랑거리는 옷 없이, 반짝이는 구두 없이 혼자 열심히 추고 있다.

춤이 나에게 맞는 운동인지 아직은 잘 모르겠다. 잘하지는 못하지만 일단 재밌다. "춤은 덜 고통스러우면서 몸과 마음과 머리의 재미가 한꺼번에 느껴지는 독특한 운동이다. 오죽 재밌으면 '춤바람'이란 말이 나왔을까"라고 한 이영미 선생님의 말씀에 한 표를 던진다.

재주가 없다고 시도조차 하지 않아서 놓친 즐거움이 얼마나 많을까 싶다. 즐기면서 하는 것보다 잘하는 게 더 중요했다. 그래서 잘하지 못하면 실망해서 포기해버리고 운동 자체에 흥미를 잃어버렸다.

얼마 전 읽은 『바다로 퇴근하겠습니다』에서 이미진 작가가 서핑을 하며 배웠다는 말이 잠언처럼 다가왔다.

같은 삶을 살게 되더라도 전과 다른 나만의 방식으로 찾을 것.

춤을 배우면서 찾은 나만의 방식은 '잘 안 되면 되는 것을 찾아 나서기'이다. 그러기 위해서는 일단 해봐야 한다. 이 방법은 나에게 어떤 운동(혹은 춤)이 맞는지를 찾는 과정뿐만 아니라 앞으로 이어질 삶의 여정에서도 꽤 좋은 팁이 될 것 같다.

이제야 정신을 차리고 생존을 위한 운동을 하는 지금, '운동이란 무엇인가'라는 질문에 나만의 답이 하나 생겼다. 나에게 운동이란 기분 좋은 '바람'이다.

나만의 언어로

20대에는 방송작가로, 30대에는 편집기자로 일하면서 나는 늘 글 쓰는 사람이라는 생각을 갖고 있었다. 그러나 엄밀히 따지자면, 두 가지 모두 내 글은 아니었다.

방송작가로서 하는 일은 오프닝과 클로징 멘트, 브리지 멘트, 출연자와의 사전 인터뷰를 통해 미리 질문을 구성하는 작업이 대부분이었다. 편집자로 일할 때도 취재를 하긴 했지만, 그보다는 그달에 맞는 기획을 하고, 그 기획에 맞는 필진들을 찾고, 청탁해서 받은 원고를 다듬는 것이 주된 업무였다. 이때도 글을 많이 접하긴 했어도 내 글을 쓸 기회는 많지 않았다.

그렇다고 회사 밖에서 내 글을 쓰는 건 어려웠다. 뻔한 핑계지만, 글을 쓰기에는 너무 바빴다. 어쩌다 시간이 나면 친구들을 만나서 수다를 떨고 싶지, 혼자 사색하며 글을 쓴다는 게 노동의 연장처럼 느껴졌다.

더 중요한 건, 내 글을 쓰고 싶다고 생각하면서도 정작 어떤 글을 쓰고 싶은지는 몰랐다. 정글 같은 사회 속에서 '생존'을 위해 허우적거리다 보니, 다른 것들에 대한 호기심이나 관심이 동력을 잃은 지 오래였다.

내 안의 게으름과 타협하면서 사는 사이, 내 존재는 바닥을 드러내고 있었다. 사고는 빈곤해지고 삶은 건조해지는데 쓸데없이 말만 많아졌다. 내 밑천이 떨어지고 있다는 느낌이 들었다. '나'라는 존재가 갖는 고유한 서사를 갖지 못한 채, 그저 워커홀릭으로 존재의 알맹이를 잃어가는 느낌. 나는 성실한 직장인이기는 했지만, 가끔 '이렇게 사는 게 맞는 건가?' 하는 불편한 질문이 잊을 만하면 떠올랐다.

그러다 다시 도전해 들어간 방송국에서 하루아침에 해고를 당했을 때였다. 그쯤 되자 내 안에서 하고 싶은 말들이 차올랐다.

그제야 비로소 나는 글을 쓰기 시작했다. 순전히 살고 싶어서였다. 마음과 머릿속에서 엉켜버려 어떻게 풀어내야 할지 모르는 생각과 감정들을 컴퓨터에 쏟아냈다. 후련했다.

삶이 굳고 말이 엉킬 때마다 글을 썼다는 은유 작가는 "왜?"라고 묻는 게 정말 중요하다고 했다. "왜?"라고 묻고 나에게 일어나는 느낌에 충실해야 고유한 글을 쓸 수 있다는 것이다. 결국 글을 쓴다는 건, 자기 자신을 알아가는 과정이기 때문이다.

생각해보면, 나는 "왜?"라고 묻는 느낌이 드는 글보다 늘 모범답안 같은 글을 썼다. 내가 일해온 곳들의 분위기가 그랬다. 《좋은생각》 식의 착한 답이 정해져 있는 글. 그래서 글을 쓰다 보면 결론 부분에서 항상 정답을 제시해야 할 것 같고, 자기 계발서처럼 열심히 노력하면 성공한다, 행복해진다는 식의 결론을 내줘야 할 것 같은 강박에 메어 있었다. 나중에는 그런 나의 글에 내가 질식해 죽을 것만 같았다.

나는 "왜?"라고 묻기 시작했다. 내가 경험한 일들에 대해, 내가 느끼는 감정에 대해. 누구보다 열심히 살았는데 나는 왜 고작 여기일까? 왜 비정규직은 늘 불리한 을이어야만 하는가. 왜 비혼은 부족한 성인으로 취급되는 걸까.

내가 그동안 당연하다고 생각해온 것들에 대한 질문이자

반기였다. 당연한 것이 당연한 게 아니었다는 의심에서부터 이미 내 세계는 균열이 일어났다. 그리고 글을 쓰기 시작하면서 답을 찾기 시작했다.

답을 찾는 과정이 쉽지는 않았다. 내가 나를 납득시키지 못하면 다른 사람을 납득시킬 수 없으므로. 우선은 내가 납득되는 질문과 답을 찾는 것이 필요했다. 책을 보고, 인터뷰를 보고, 리뷰를 듣고, 다른 사람의 의견을 들으며 나는 조금씩 용기를 냈다.

그렇게 시작된 연재가 책으로 나오기도 했다. 책이 나왔다고 해서 내 인생이 바뀐다거나 하는 건 절대 아니다. 다만 책이 나오기까지 꾸준하게 글을 쓰는 동안 나 자신의 언어를 갖게 되었다는 건 인생이 바뀌는 것만큼 중요한 사건이었다. '당연함'에 갇혀서 질문조차 던지지 못했던 문제에 대해 "그건 당연한 게 아니었어. 왜냐하면!"이라고 말할 수 있는 나만의 사유와 경험은 많은 걸 바꾸었다. 덕분에 나는 '다름'을 '실패'로 여겼던 시선을 바꿀 수 있었고, 나 자신과 내 고유한 삶을 인정하고 당당해질 수 있었다. 그러면서 사방으로 꽁꽁 닫혀 있던 문들이 어느 사이엔가 열리기 시작했다. 글을 쓰지 않았다면, 불가능한 일이었다.

조금 더 일찍 글을 썼더라면 하는 아쉬움은 있다. 30대에 바쁘게 등 떠밀리며 사느라 남들이 당연하다 여기는 삶에 아무런 질문 없이 살았던 건 아쉽다. 내가 겪은 아픔과 부당함과 고통에 대해 깊게 사유하지 못하고, 그저 익숙한 것에 순응하기만 한 시간들이 아깝다. 또 쓰라리기도 했다. 만약 좀 더 일찍 "왜?"라고 질문하고 쓰는 삶을 살았다면 내 삶은 좀 더 확장되지 않았을까. 좀 덜 주눅 들고, 덜 비겁해지지 않았을까.

60에는 더 멋진 썸을

"그래도 너는 공식적으로 연애를 할 수 있잖아."

비혼인 내가 기혼들에게 자주 듣는 말이다.

이 나이에 싱글이라고 하면, 자유로운 연애가 특권이라고 생각한다. 정작 특권을 지닌 자는 무덤덤하지만, 그렇다고 틀린 말은 아니다. 그런데 사람들이 부러워하는 그 연애담을 주변에서 잘 들을 수 없다. 알고 보면 나이 든 비혼들이 꽤 많은데도 말이다. 일하면서 만난 나보다 열두 살 많은 한 비혼 여성은 내 책을 보고는 이런 메시지를 보내왔다.

"난 자기 나이 때 아직도 퍼펙트한 왕자님을 기다리고 있었지. 자기는 일찍 철이 든 거야. 지금이 제일 좋은 때니까 열심히 파이팅!"

'나, 왕자님을 구하기 위해 파이팅해야 하는 거야?' 그러다 '그럼 내가 공주님인가' 하는 데까지 생각이 미치자, 40대 비혼 공주도 신선하겠다 싶었다. 지금까지 어디에도 없던 캐릭터니까.

공주와 왕자 이야기가 아니더라도, 40대 비혼의 사랑 이야기가 어디에 존재했는지 곰곰이 생각해보면 딱히 떠오르지 않는다. 드라마 〈신사의 품격〉은 잘나가는 잘생긴 남자들의 이야기라 거리가 있고, 기껏해야 드라마 〈넝쿨째 굴러온 당신〉에서 철없는 이모로 나오는 양희경 씨가 연기한 엄순애 정도가 떠오를 뿐이다. 로맨스는커녕 아예 이야기의 소재조차 되지 못하는 주목받지 못하는 군이었던 셈이다. 어쩌면 그래서 더 이미지로 안 잡히는 건지도 모르겠다.

왜 4,50대 비혼 중년 여성의 사랑 이야기는 없을까. 나이 든 여성과 남성의 로맨스는 왜 눈에 띄지 않을까. 그런 의문이 들던 차에 영화 〈북클럽〉의 개봉 소식에 극장으로 달려갔다. 나이 지긋한 네 명의 여성들 얼굴 위로 쓰인 포스터 카피에 설레면서.

"사랑도, 연애도 세상은 여전히 호기심으로 가득하다!"

"뜻밖에 찾아온 두 번째 설렘."

〈북클럽〉을 간단히 요약하자면 중년, 아니 노년의 사랑을 그린 영화다. 그런데도 재미있고 진솔하고, 게다가 섹시하다. 여기서 '그런데도'라는 접속사를 붙인 이유가 있다. 우리나라에서는 노년의 사랑이다 하면, 어쩐지 처연하거나 사랑보다는 돌봄의 이미지가 강해서 재미있고 섹시하기가 어렵기 때문이다. 〈북클럽〉은 노인판 〈섹스 앤 더 시티〉라 해도 과언이 아니다. 〈섹스 앤 더 시티〉에서 네 명의 친구들이 브런치 모임을 하듯이, 〈북클럽〉에서는 네 명의 여성, 다이앤, 비비안, 섀론, 캐롤이 한 달에 한 번 책 모임을 한다.

그러던 어느 날 비비안이 『그레이의 50가지 그림자』라는 다소 발칙한(?) 책을 선정하면서 각자의 상황에 맞게 자극을 받는다. 그리고 마법처럼 이들도 사랑과 얽히게 된다.

네 명의 로맨스 가운데 가장 눈에 띄는 건, 다이앤이다. 남편과 사별한 지 일 년쯤 된 다이앤은 딸들이 사는 애리조나로 가는 비행기 안에서 미첼을 만난다. 고소공포증이 있는 다이앤이 미첼에게 실수를 하고, 이를 계기로 두 사람은 자연스럽게 대화를 나눈다. 비행기나 고속버스, 혹은 기차를 탈 때마다 옆자리에 누가 탈지를 상상하며 기대하지만, 현실 속에선 늘 '그럼, 그렇지'다. 영화 속이니 가능한 일일 수도.

다시 애리조나에서 집으로 돌아오는 비행기에서 영화니까 가능한 일이 또 벌어진다. 비행기 옆자리에 앉았던 미첼이 자기가 탑승한 비행기의 기장이었던 것. 영화처럼 재회한 미첼에게서 "전화할게요"라는 말을 들은 다이앤의 표정에는 놀라움, 설렘, 환희가 가득했다. 그 장면을 보며 생각했다. 내가 저런 표정을 지었던 게 언제였더라. 앞으로 나는 저런 표정을 지을 일이 있을까.

그들의 데이트 장면 중 가장 좋았던 건, 석양을 배경으로 한 레스토랑에서 끊임없이 대화를 나누는 장면이었다. 상대에 대한 호기심과 설렘이 살아 있으면서도, 존중과 배려, 경청이 있어 석양만큼이나 편안하고 아름다웠던 열정. 젊지 않아도 충분히 섹시했다.

그래서 60대의 사랑과 연애 이야기가 담긴 영화를 보는 내내, 보고 난 후에도 계속 같은 생각이 머릿속에 맴돌았다. 나도 저 나이 때 저런 감정을 느낄 수 있을까? 나이 든 사람들의 로맨스는 영화 속 이야기일 뿐일까.

세상에는 이토록 사랑이 충만한데 왜 사랑 이야기는 일부의 전유물로만 소비되는지 의문이 들었다. 어쩌면 우리의 시각이 2,30대 결혼하지 않은 남녀 간의 사랑만이 '정상'이라는 암묵적인 룰 속에서 그 외의 사랑은 비주류로 치부되거나 터부시되었던 건 아닐까. 연애와 사랑의 이야기는 젊음이라는 나이, 남녀라는 성별 안에서만 아름답고 로맨틱한 건 결코 아닌데도 말이다.

사실 어쩌면 나부터 그런 생각 안에 갇혀 있었는지도 모르겠다. 열두 살 위의 비혼 선배에게 "난 자기 나이 땐 아직도 퍼펙트한 왕자님을 기다리고 있었지"라는 말을 들었을 때, '왕자님이라니 세상에!'라고 생각했으니까. 백마 탄 왕자님이 아니어도 사랑의 대상을 기다리고 열망하는 건 누군가의 허락을 구하거나 눈치 봐야 할 일이 아닌데도 말이다. 더구나 사랑이나 연애에 나이 제한이 있는 것도 아니고.

왕자님은커녕 몸 안에 연애세포가 멸종 상태에 이른 지금, 좀 더 섹시한 사람이 되고 싶다는 엉뚱한 생각이 든다. 영화 속 사랑을 찾는 나이 든 여성들이 섹시하다고 느낀 이유는 단 하나. 그들은 호기심이 많았다. 그래서 자아에 대해, 타인에 대해, 관계와 세상에 대해 생생한 성찰이 있었다. 덕분에 지금 있는 익숙한 곳에 머물지 않고, 지금까지와는 다른 세계, 다른 관계로 나아가며 성장했다. '돌봄 받아야 하고 점잖아야 하는 노인', '그냥 가만히 있어 주길 바라는 존재'로 박제된 사람처럼 살기를 거부한 것이다.

그렇다면 그들의 호기심이 시들지 않은 원인은 무엇이었을까. 나는 그들의 책 모임에서 답을 찾았다. 그들은 책 모임을 통해 끊임없이 자신의 세계 너머를 배웠고, 함께 이야기를 나눴다. 그러니 굳지 않고 말랑말랑해질 수밖에.

사람마다 섹시함에 대한 견해가 다르겠지만, 나에게 있어서 섹시한 사람이란 끊임없이 배우는 사람, 그리고 오래오래 함께 이야기 나누고 싶은 사람이다. 다이앤과 미첼이 석양을 배경으로 다정하게 수다를 이어가는 데이트 장면이 그토록 섹시하게 느껴진 이유도 아마 그래서인 것 같다.

작년부터 참여하고 있는 책 모임이 있다. 여러 책을 읽지만, 최근 가장 관심을 두는 건 '페미니즘'이다. 처음엔 '무엇인지 좀 더 알아보자'하는 마음에 시작했지만, 지금 와서 생각해보니 나는 지금 섹시해지는 중인 것 같다. 내가 호기심을 놓치지 않는 한, 나도 영화 속 다이앤처럼 섹시하게 나이 들 수 있지 않을까.

다시 설레고 싶다. 다시 설렐 날을 기대한다. 누가 아나. 진짜 뜻밖의 설렘이 찾아올지. 나이 들어 주책이라는 말을 듣기 싫어서 점잖은 게 미덕이라고만 생각했는데, 그런 눈치야말로 타인이 규정한 틀에 나를 맞추는 어리석은 짓 아닐까.

다행이다. 아직 설렘을 꿈꿀 수 있는 오십이어서. 나는 좀 더 발칙하고 명랑한 어른이 되고 싶다. 호기심 많은, 그래서 오래오래 이야기를 나누고 싶은 섹시한 할머니가 되는 것. 생각만 해도 짜릿하다.

내가 힘들었다는 너에게

초판 1쇄 발행 2020년 7월 3일
초판 3쇄 발행 2020년 10월 12일

지은이 신소영

발행인 이재진 단행본사업본부장 신동해
편집장 김경림 책임편집 박민희
디자인 지완 일러스트 봉지 마케팅 이현은 장대익
홍보 최새롬 박현아 권영선 최지은 국제업무 김은정 제작 정석훈

브랜드 웅진지식하우스
주소 경기도 파주시 회동길 20
주문전화 02-3670-1595 팩스 031-949-0817
문의전화 031-956-7067(편집) 02-3670-1022(마케팅)

홈페이지 www.wjbooks.co.kr
페이스북 www.facebook.com/wjbook
포스트 post.naver.com/wj_booking

발행처 ㈜웅진씽크빅
출판신고 1980년 3월 29일 제406-2007-000046호

ⓒ 신소영, 2020
ISBN 978-89-01-24371-9 03810

※이 도서의 국립중앙도서관 출판예정도서목록(CIP)은 서지정보유통지원시스템 홈페이지(http://seoji.
nl.go.kr)와 국가자료종합목록 구축시스템(http://kolis-net.nl.go.kr)에서 이용하실 수 있습니다.
(CIP제어번호 : CIP2020024149)

※책값은 뒤표지에 있습니다.
※잘못된 책은 구입하신 곳에서 바꾸어드립니다.